KB076138

고양이 게스트하우스 한국어

고양이 게스트하우스 한국어

권창섭 시집

창비

차
례

제 1 부

밖에서 안으로

뚜세 러브

내 꿈속 망아지 이름은 뚜세
내 꿈속,
다리 아픈 망아지 이름은 뚜세라서 뚜세
뚜세가 뛰기 시작할 때 나는 말하지, "뚜세, 파이팅!"

내 잠꼬대 속 '뚜세, 파이팅!'을
'하나둘셋, 파이팅!'으로 들었다는 당신에게

하나둘셋 입을 맞춰주고 나면
뚜세는 어느새 저만큼 달려
나는 다시 잠드는데

셋둘하나, 다시 돌아온 뚜세는
넷셋둘하나, 다리가 아프지 않은 망아지
            다섯
다리를
        절지
            않는데,

오늘 밤은 당신과 함께 누워
천장을 보다 다시 잠들다 하면
달 같은 걸 볼 수 있는 건 아니지만
달이
        저물고
                        있는데

도로 눈이 감겨 뚜세를 만나러 가면
어느새 뚜세도
하나 둘 셋도 사라지고
달이, 달이, 아직 조금은 남아
나는 말하지, "사랑해요!"

내 잠꼬대 속 '사랑해요!'를
'살아야 해요!'로 들었다는 당신에게

살짝살짝 코를 갖다 대고 나면
사랑은 어느새 저만큼 달려
나는 다시 하나둘셋, "뚜세"

구체적인 삶

가령 그런 것들
노을을 더 구체적으로 아름답게 만드는 것은
                     구름
구름을 더 구체적으로 움직이게 만드는 것은
                     바람
바람을 더 구체적으로 실패하게 만드는 것은
                     기대가 있고 우리에게는
기대하는 것과 기대되는 것 들이 있어
우리는 구체적이 된다

가령 지구의 내부가 구체적이라는 것은
지진으로 표현되고
우리의 삶이 구체적이라는 것은
가령 토순이를 챙긴다거나
외장하드를 챙기는 것에서,
그 순간에도 발송되어 오는 대출업체 문자 같은 것에서
표면화된다, 모네의 그림들처럼

그 순간에 나는 무슨 시를 써야겠다거나

혹은 밀린 마감에 대해 생각하고,
불통이 된 카카오톡 대신 텔레그램에 대해 생각한다거나
앞으로 기대되는 삶에 대해 생각한다

기대는 지진 같은 것으로
구체적으로 실패하고
지진을 구체적으로 완성하는 것은
가령 그런 것들
5.8과 같은 숫자들이라든가, 역대 최대급이라는,
핵발전소는 안전하다는 보도들
마치 팝아트 작품들처럼
튀어나오는 구체성

고양이 게스트하우스 한국어

고양이가 살고 있는 게스트하우스 이름은 한국어고요,
Cat이 살고 있는 게스트하우스 이름은 영어고요,
ねこ가 살고 있는 게스트하우스 이름은 일본어라지만,
고양이네 동네에서도 ねこ네 동네에서도
게스트하우스를 손님집이라고
きゃくいえ라고 하지 않아요
게스트하우스는 게스트하우스
한국어에서 게스트로 지내다 가는 고양이
한국어에서 게스트를 Cat이라고 부르지 않아요
노래를 부를 때만 가끔씩 네코네코네
고양이는 한국어 안에서만 고양이
Cat은 영어 안에서만 Cat
ねこ는 일본어 안에서만 ねこ
그렇지만 고양이가 되고 싶은 고양이들이 한국어를 방문
하여 게스트가 된 것은 아니에요
　Cat이 되고 싶은 고양이들이 굳이 영어를 방문하여 게스
트가 된 것은 아니죠
　ねこ가 되고 싶은 고양이들이 일본어를 방문하여 게스트
가 된 것은 아니고요

고양이가 되기 전에 Cat은 ねこ

Cat이 되기 전에 ねこ는 고양이

ねこ가 되기 전에 고양이는 Cat

고양이가 고양이가 아닐 때, Cat이 Cat이 아닐 때, ねこ가 ねこ가 아닐 때,

갑자기 게스트하우스가 방문한 거죠

갑자기 호스트들이 방문합니다

게스트하우스의 주인은 호스트

하지만 고양이들은 주인을 주인이라 부를 줄 몰라요

Cat들도 Host를 Host라 부를 줄 몰라요

ねこ들도 しゅじん을 しゅじん이라 부를 줄 몰라요

부를 줄 모르고 호스트인 줄도 몰라요

고양이의 주인은 Cat

Cat의 주인은 ねこ

ねこ의 주인은 고양이

Host들은 자기들이 Host인 줄 알아요

주인들은 주인만이 주인인 줄 알았어요

しゅじん들도 그랬답니다

그래서 한국어도 게스트하우스, 영어도 게스트하우스, 일

본어도 게스트하우스

　아무도 주인집이나 Host House, しゅじんいえ라고 이름
짓지 않았어요

　집에는 주인이 살고,

　House에는 Host가 살고,

　いえ에는 しゅじん이 사는 줄 알았거든요

　주인은 손님을 내쫓을 줄 알아요

　Host는 Guest가 떠날 때 속 시원해요

　しゅじん은 きゃく가 다시 돌아올 때 반갑긴 해요

　Host가 아닌 ねこ는 내쫓을 줄 몰라요

　しゅじん이 아닌 고양이는 제자리에 오래 있고 싶습니다

　주인이 아닌 Cat은 다시 돌아갈 곳이 없습니다

　그래서 오랫동안 게스트하우스

　손님들이 자꾸만 오고 가고 손님들이 자꾸만 돌아가는 게
스트하우스

　게스트는 게스트인 줄 모르고

　호스트만 호스트인 줄 알던 게스트하우스

　ねこ 게스트하우스 にほんご

　Cat 게스트하우스 English

고양이 게스트하우스 한국어

아이 미스 언더스탠딩

우산을 잃어버리지 않기로 다짐한 사람이 있다
우산을 잃어버리고 집에 돌아가면
고양이한테 혼이 나니까

우리가 눈이 마주칠 때 건네는 인사에
나는 "안"을 더 잘 발음하지만
너는 "녕"을 더 잘 발음하고

그런 우리의 감정에 대해
"상"의 발음은 내가 더 낫지만
"냥"의 발음은 네가 네이티브이고

오늘도 나는 토익 대신 묘익을 공부하지만
대개는 낙제점이라

어렵게 출제한 너와
공부가 모자란 나는
괜히 맘이 좀 그래서
너는 "미안"을 담당하고

나는 "해요"로 마무리한다

몇백년 만에 단 한번
cAt 행성과 HomO 행성의 궤도가 겹치는 찰나에
아주 잠깐
우리는 서로의 언어를 나눌 수 있다는데,

그때는 우리가 함께 있지 못하다면 어쩌지
이미 우린, 상냥한 안녕을 나누게 되어
서로에게
미안한 상태라면

지구는 아마

우산을 잃어버리지 않기로 다짐한 사람이
우산을 잃어버리지 않고 집에 돌아갔다
이날도
고양이에게 혼이 난다

유희왕

끝말잇기를 하자면서
형용사만을 말하는 당신은
반칙을 해서라도 이기고 싶은 걸까
아니면 어떻게든 지고 싶은 걸까

"예쁘네"라고 말하는 당신에게
"네루다" 같은 시인의 이름을 말한다거나
그래서 "다르지"라고 말하는 당신에게
나 역시 "지겨워" 같은 형용사로 답하는 것은

겁나는 일인 것 같다
마치 그것은
단어를 생각하지 않고, 단어를 생각하지 않는 일들

마치 그것은

"빨리"라고 말하는 당신에게
"리버모륨"*이라고 답하는 것
"느리게"라고 말하는 당신에게는

"게르마늄"**이라고 답하는 것
빠르든 늦든 우리는 끝날 것이고,

새로운 놀이들을 생각하자

단어를 생각하지 않고, 단어를 생각하는 일들
"하모니"와 "하모니카"
"미스터"와 "미스터리"
"그레이"와 "그레이드"

단어를 생각하고, 단어를 생각하는 일들
"자몽"에 "이슬"
"만수"와 "영자"
"오욕"의 "세월"

무수한 핑계들을 댈 수 있다
웃자, 아니다, 지자,
울자, 아니다, 이기자,
말들은 끊임없이 돌아오고

필요와 피로와
쓸모와 몹쓸을
돌고 도는 일은 너무나도
귀엽잖아 귀엽지 않아

마치 그것은
당신을 생각하고, 당신을 생각하는 일
당신을 생각하지 않고, 아무도 생각하지 않는 일

* 원자번호 116. 반감기가 매우 짧아, 원자핵이 빨리 붕괴한다.
** 원자번호 32. 반감기가 매우 길어, 원자핵이 느리게 붕괴한다.

39
죄책감들 2

흥미로운 것은 전 인스턴트만 먹고 사는데도
설거짓거리가 자꾸 쌓인다는 겁니다
몇번은 음식물 쓰레기를 변기에 그냥 내리기도 했어요
먹다 남은 것은 마치 제 배설물 같기 때문입니다
사실 아직
분리배출을 잘하지 못한다는 비밀도 있습니다

이웃 사람들은 저의 직업을 모릅니다
아마도 제가 고정직을 가진 적이 없기 때문일 텐데
언젠가 엿들은 제 뒷담화 속에서
저는 저의 여러 직업을 발견한 적 있습니다
신기한 것은 저는 그 모든 직업이기도 하고
그 모든 직업이 아니기도 합니다

겨우 안면이 있는 누군가가
저더러 소수자가 아니시냐 물은 적이 있습니다
저도 모르게, "아닌데요? 전 다수자인데요?"
라고 말한 제 입은 아직도 제 입입니다
그 생각이 날 때마다

아직 치료받지 않은 충치가 시립니다

　　조금 어긋난 어순들이 나의 치열을 구성했다
　　고 하니 나는 불편한 이웃입니까
　　자꾸 나는 목록에서 감춰집니까
　　내 이름의 음절들을 재배열해본다
　　그러면 나는 창(窓)이 되기도 하는데

일찍 불을 끄는 습관들이
자주 외출을 하지 않는 습관들이
외출 시엔 단정하게 옷을 입는 습관들이
이 동네에선 담배를 피우며 걷지 않는 습관들이
이 모든 변온동물이 되어가는 습관들이
　　한다 어순들을 바르게
제 교정된 진화의 방향,

가끔 밥을 먹으며 티브이를 켭니다
나 혼자 산다 대신에
우리 결혼했어요로 채널을 돌립니다

아무래도 나는 홀로 싱글거릴 수는 없습니다

완벽한 사랑

다시는 돌아오지 않을 것 같은 사람의 등 뒤에다, 나는 말하지, "올 때 메로나", 장단이 존재하지 않는 완벽한 점이란 없으니, 점을 이으면 선이 되고, 면적이 존재하지 않는 완벽한 선이란 없으니, 선을 쌓으면 면이 되고, 부피가 존재하지 않는 완벽한 면이란 없으니, 면을 불리면 공간이 되는데, 우리들의 시간들은 네모나서, 그것들을 모았더니 "함께 있을 때도 메로나", 완벽한 각이란 없으니, 완벽한 네모도 없고, 완벽한 네모가 없으니, 완벽한 메로나도 없지만, 메로나가 어차피 네모라는 건 아니니까, 메롱처럼 혀를 굴리면 메로나는 점점 에로나가 될 텐데, 에로나라는 하드바는 없지만 메로나도 완벽하게 딱딱한 건 아니니까, 에로나도 완벽하게 둥근 건 아니니까, 네가 없어져 "갈 때 메로나",

완벽한 공간이란 없으니, 우린 이그러진 면도 많았고, 완벽한 면이란 없으니, 우린 잘못된 선을 긋기도 했고, 완벽한 선이란 없으니, 우린 서로를 미워했던 점도 많았는데,

면을 불리면 공간이 되고, 그 공간에는 면을 불려 먹는 것을 좋아하던 네가 있었고, 면을 덜 익혀 먹는 것을 좋아하던

내가 있었고, 덜 익히는 것과 불리는 것 사이에는 시간이 좀
필요했고, 그 시간이 끝났을 때, 버릇처럼 문밖을 나가는 네
가 있고, 습관처럼 "올 때 메로나"라고 말하는 내가 있고, 냉
장고 속에는 서로 다른 공간들이 있고, 들어온 시점이 다른
시간들이 있고, 앞으로 그 공간 속에서 견딜 수 있는 시간들
이 있고, 원 플러스 원으로 샀던, 메로나가 있고,

죄책감들

사람 많은 버스에서 적절치 않은 냄새가 목격되면
저는 저를 제일 먼저 의심했습니다
그러나 제 항문은 굳게 닫혀 있고 저는
양말을 벗은 적도 없습니다
결백함을 증명하는 것은 각자의 몫입니다
범인은 대체로 검거되지만
각자의 얼굴들은 더욱 단단해집니다

저의 구취는 제가 가장 잘 맡습니다
멀리 가지 못하는 불쾌의 일종입니다
구강과 비강은 끊임없이 교신하므로
물은 조심해서 마십니다
마스크를 쓰는 날이 많아집니다
치과 의사는 아무래도
인상을 찡그리는 일이 많습니다

갑각류를 먹는 일은 매우 어렵습니다
그들의 부끄러움도 원심력을 벗어나지 못한 채
굳어 있습니다, 딱딱하게, 자신을 안다는 말은

자신을 안는다는 말로 읽히기도 합니다
저는 저밖에 모릅니다
이기적인 것을 아가적인 것이라 말하지 마요
저는 아무것도 발설한 적 없습니다
비밀들은 단단한 것 뒤에 가장 쉽게 숨습니다

게의 다리를 빠는 표정 같은 건
아무에게도 보여주고 싶지 않습니다
내밀한 속을, 조금도 놓치지 않으려고 애를 씁니다
이야기 나누는 이유를 함께하기 위해서라고 말하지만
속이 빨린 게의 껍데기는 음식물 쓰레기도 못 됩니다
부끄러움 같은 건 공유되는 감정이 아니에요
딱딱하고 어려운 것에 대해
껍질 대신 껍데기란 말을 쓰는 이유는
데기의 어감이 더욱 단단해서라고 합니다

화곡(禾谷)
가족의 탄생 3

여긴 볏골이었어 다 논이었지
그래서 쌀이 맛있었대 그러니 밥도 맛있을 거야
웃으면서 이런 말을 하는 사람과 함께 밥을 먹는 것은
사실 좀 불쾌한 일이다
당신은 언제를 살고 있나요
우린 GS25에서 컵라면을 먹으려다
삼천구백원짜리 베트남 쌀국수를 먹으러 간다
이 집은 면을 볏골 쌀로 뽑아냈나요
물을 수는 없고
이 집은 면을 베트남 쌀로 뽑아냈나요
라고는 더더욱 물을 수가 없다
내가 해야 할 일은 묻지 않는 것
베트남은 전쟁에서 미국을 이긴 유일한 나라야
사실 '베트남'이란 발음은 일본식 발음에서 온 거고
'비엣남'이나 '위에난'으로 발음해야 더 정확하지
쌀국수를 기다리며 이런 말을 하는 사람과 국수를 먹는
것은
여전히 좀 불쾌한 일이다
당신은 무엇을 발음하고 있나요

나는 가만히 스리라차 소스를 섞는데
사실 이건 멕시칸스럽지만 미국식 소스
태국에서 미국으로 건너간 소스
으라차차와 헷갈릴 것 같은 이름의 소스를
베트남 쌀국수에 개어 섞으며
베트남은 전쟁에서 미국을 이긴 유일한 나라야
라는 말을 머리에서 지우고 싶은데
내가 해야 할 일은 열심히 먹는 것
이곳은 화곡, 사람들이 많이 사는 곳
물가와 집값이 싸서 인구밀도가 높은 곳
언덕이 높아서 다리가 튼튼해지는 곳
전쟁이 일어난다면 게릴라 작전을 하기 좋을 곳
등등을 생각하면 조금은 덜 불쾌해진다
원래는 까치산의 까치가 새, 까치를 말하는 건 아냐
그런데 실제로 까치가 많이 산다는 건 흥미롭지
대꾸도 하지 않는 사람에게 이런 말을 하는 사람이 먹은
국수까지 계산하는 것은
여전히, 매우,
당신은 어디를 살고 있나요

그와 나 사이에 일년에 한번씩만 다리가 만들어지면 좋으
련만

화곡역과 까치산역 사이에는 화곡터널이 뚫려 있고

길이 아닌 곳도 길로 만드는 문명은 이제 더할 나위 없다

비행기 바퀴가 잡힐 것만 같은 화곡동에선

비행기 바퀴를 잡아도 북한에는 갈 수 없을 테고

화곡역과 까치산역은 모텔이 많지

공항이랑도 가까워서 동남아 여행객들의 주요 숙박지야

여행을 온 것도 아니면서 이런 말을 하는 사람과 커피까
지 마시러 가는 것은

점점 참기가 힘들어지는 것이다

누군가와 같이 산다는 것은 화가 나는 일이다

구조주의는 고통스럽다

커피를 마시러 간다지만 우리가 시키는 것은

얼그레이밀크티이고 블루레몬에이드일 때

그래도 커피집에서 찍어주는 쿠폰의 도장은 여전히 둘
일 때

구조주의는 원래 언어학에서 출발한 거야

소쉬르 스스로가 자신을 구조주의자라고 칭하지는 않았

다지만

고통스럽다

공시론과 통시론을 사이에 두고 갈등해야만 할 때

이곳은 화곡역도 아니고 까치산역도 아니고

그 중간쯤 어디이지만

맛집 어플에는 화곡역 맛집으로도 까치산역 맛집으로도
검색이 되는

화곡터널 근처의 커피집에서

당신은 언제 집에 가나요

내가 해야 할 일은 집에 가는 것

하우스메이트란 말과 가족이란 말 사이에서 갈등해야만
할 때

1인 가구가 많은 화곡에서 베트남 사람이 아닌 사람과

하우스메이트를 한다는 것 통일해야 하는 것

아직 잘 외워지지 않는 도로명 주소를 외우는 것

각자 서로의 방을 침해하지 않기로 약속하고

빨래가 섞이지 않기로 약속하는 것

누군가를 집에 데려오지 않기로 약속을 하는 사람을

집에 데려와 사는 것

참아야만 하는 것이다

쌀이 맛있었다지만 쌀이 더이상 나지 않는 화곡에서

모텔이 많지만 여행을 온 것은 아닌 화곡에서

화곡동이지만 화곡역보다는 까치산역에 더 가까운 화곡
에서

ISFP
죄책감들 3

양말을 신으면 발이 따뜻하군
집에서는 신발을 신지 않으니까
걷기 위해서는 양말이 필요하다

침실은 볕이 잘 들어서
종일 커튼을 쳐둔다
볕이 환한 날에도
밖의 날씨를 알 수 없고
단지,

오늘은 눈이 많이 오니
사람들은 우의를 입어야겠군
생각하고
말을 하지는 않는다
밖엘 나간 사람들은
마스크를 써야겠군
생각하고
그럼 안경에 김이 서리겠지

라면 물을 올린다
오늘이 혹시 동지라면
팥죽을 먹어야 하는데
거리는 매우 질척질척하겠군
생각을 한다
오늘은 밤이 제일 길겠군
생각을 하고 라면을 먹으면
안경에 김이 서리고

양말을 신고 침대에 눕는 건
참 이상한 일이라 생각했는데
발이 참 따뜻하군
볕이 잘 들지 않는 날이었지만
종일 커튼을 쳐두었다

오늘은 동지일 수도 있겠군
생각을 했고
눈이 왔지만
동지는 아니었다

설날

죄책감들 5

하루 종일 집들이를 연습했다
함께 모여 젠가를 하려고 사두었다

군인과
요금수납원
대학생과
중국 교민과
청소 노동자를 불러
떡국을 먹으려고 떡을 사두었다

떡을 불리고
젠가를 올리고

군복을 벗고
밥을 먹지 않고

떡을 썰고
젠가를 뽑고

대자보를 보고
마스크를 쓰고

2021년의 달력을 걸고
2020년의 달력을 내리면
꼭 누군가의 생이 기준이 되는 것이

열 받는다
마치 지금까지도 살아 있을 것만 같잖아

국이 끓으면
젠가는 흔들리고

하루 종일 집들이를 연습했지만
아무도 오지 않았다

떡국이 식고
젠가는 쓰러지고

아무도 나이를 먹지 않았다
달력을 내리고
문을 열었다

문이 오랫동안
잠겨 있었다

이월(移越)

'춥다'고 하는 말은
춥다는 뜻인데, 그 뜻은
혓날을 입천장에 대었다가 떨어뜨리고
입술을 동그랗게 모았다가 붙였다 떼는
그러한 동작 속에 있는 것이 아니야

말하기 전부터 이미 춥고
말한 다음에는 말을 해서 더욱 춥지

아직 춥다고 말을 하는 사람이 있고
이제 좀 날이 풀렸다고 말을 하는 사람이 있고
세상에, 아직 춥다고 하는 사람이 있다,
　　　고 말을 하는 사람들이 있고
세상에, 이제 좀 날이 풀렸다고 하는 사람이 있다,
　　　고 말을 하는 사람들이 있지

　이건 좀 잘못되었다고 말을 하는 사람이 있고
　이건 좀 잘못되었다고 말을 하는 것이 잘못되었다,고 말
을 하는 사람들이 있고

이건 좀 잘못되었다고 말을 하는 것이 잘못되었다,고 말을 하는 것이 잘못되었다,고 말을 하는 사람들이 많지

우리들은 못 잘하고
우리들은 곧잘 또 잘하고
우리들은 곧장 또 잘못하지

2월은 왜 28일까지만 있냐고 묻는 사람들이 많고
왜 4년마다 더 있는 하루가
2월에 덧붙느냐고 묻는 사람들이 많고
그런 질문들은 잘못되었다,고 말을 하는 사람들이 있고
그런 질문들은 잘못되었다,고 말을 하는 것은 잘못되었다,고 말을 하는 사람들이 있는데

2월 29일에 태어난 사람들은 매년 2월 28일에 생일을 챙긴대

2월은 종종 1월보다 더욱 춥고
2월은 곧잘 3월보다 더욱 따뜻하지

세상에, 3월에도 종종 눈이 오기도 하고
세상에, 그 눈은 2월로부터 건너온 것은 아니지

광화문

발가락은 아마 곧 퇴화할 거야
            왜?
필요가 없잖아
            퇴화의 이유는 필요 없기 때문은 아니야

고래를 털짐승이라고 하는 것은 이상해
도도새를 날짐승이라고 하는 것도
            나도 털이랑 날개가 없는데……

필요가 없으면 사라져도 되는 걸까
나는 아직 꼬리가 있었으면 좋겠다
            왜?
모기를 잡으려고
            손으로 잡아도 되잖아
그럼 내 손에 피가 묻잖아

나는 털이 많은 남자를 사랑한다고 했다
그는 탈모가 걱정되었지만
그것도 진화이므로 그는 안심한다

사라져가는 것을 진화라고 불러도 될까
나는 아무 대답도 할 수가 없다
이마가 넓으면 큰 사람이 된댔어
우리는 털을 잃으면서 원숭이에서 사람이 되었다

원숭이랑 교미를 하면 꼬리가 있는 새끼를 낳을 수 있을까
그건 불가능한 일이야
가능할 것 같아서 한 말은 아니었다

우리는 광장으로 걸었다
손을 놓았다
잠시 서로의 손이 발 같았다
흙도 묻어 있지 않은데

사람이 많이 줄었네
필요가 없잖아
필요하지 않으면 사라져도 되는 걸까
퇴화의 이유는 그것이 필요 없기 때문은 아니야
퇴화를 퇴행적 진화라고 말하는 것은 이상해

나는 눈물이 사라지는 쪽으로 진화했다

뭍에 사는 동물들도 원래 다 물에서 살았대
우리도 다시 물속에 오래 있으면
물고기가 될 수 있을까
　　　　그건 불가능한 일이야
가능할 것 같아서 한 말은 아니었다

그냥 사람들이 많이 사라져서 한 말이었다

제 2 부

안에서 안으로

펑

케이크가 있으면 우리는 둥그렇게 앉고
싸움이 난 길거리에도 사람들이 둥그렇게 서 있지
폭죽은 터지기 전까지는 폭죽이 아니고
순간을 기다리는 원주들
케이크를 나눠 가질 때면
주인공에게는 체리가 박힌 조각을
싸움을 하는 사람들은
싸움을 하는 동안에도
카메라에 비친 제 모습을 생각해
고깔을 쓴 사람은
꼭 한번씩은 웃어 보이고
근데 너 오늘 생일 맞아?
아니, 사실 내 생일은 며칠 뒤
반칙의 종류를 공유한 사람들은
서로의 반칙들을 먼저 잘 눈치채고
선빵은 반칙이 아니고 법칙이니까
생일빵은 케이크가 아니고 저항할 수 없는 싸움이니까
주인공들은 제가 잘 나올 때까지 사진을 찍고
주인공들은 제가 정당할 때까지 사람을 때려

빵을 나눠 가지는 사람들에
빵을 나눠주는 사람들도 포함될까
더 큰 케이크를 살수록
사람들은 케이크에서 더 멀리 둘러앉고
싸움이 더 격렬할수록
더 먼 곳에서의 관전자
대본을 부여받기도 전에
나눠 받은 폭죽을 쥐고 있었네
제가 가장 늦게 터뜨리길 기다리면서

육도(六道)
축생(畜生)

우리는 돼지족발을 먹고
잘 씻은 것이다
우리는 돼지족발을 먹고
잘 삶은 것이다

고양이는
외출하고 돌아온 나의
발 냄새부터 맡는다
씻지도 삶지도 않은,

브로콜리가 없던 화요일

다녀왔습니다
듣는 사람은 아무도 없지만요
실은 다녀온 데도 없지만

엄마는 지붕을 가질 줄 모르고
아빠는 바닥을 가질 줄 모르지만

저는 창문을 열 줄 알죠
혼잣말도 잘할 줄 알고
냉장고에서 반찬을 꺼낼 줄도 알아요

브로콜리 같은 건 왜 먹는 걸까?
다들 미친 거 아닐까?

거짓말도 잘할 줄 알아서
실은 아까 학교 다녀왔어

곱슬머리라 맨날 놀림받아
별명도 브로콜리

형은 생머리라 이런 기분 모르지?
있지도 않은 브라더에게 이야기하고

밥을 먹고 나면 설거지를 해야 하는데
아직 제게 싱크대는 너무 높아요
대신 오늘도 놀이터로 갑니다

엄마가 부를 때까지 미끄럼틀을 탈 거야
아빠가 죽고 나면 부르겠지
엄마가 먼저 죽으면 아빠는 날 잊어버리고

해가 지기 전에 달이 뜹니다
오늘도 부르는 사람이 없어서
창문을 넘어 집으로 들어가야 해

다녀왔습니다 다녀왔습니다 다녀왔습니다
브로콜리 안 먹어서 죄송해요
엄마 아빠도 먹기 싫었던 건 아니죠?*

그러니 내일은

현관 비밀번호 좀 알려주세요

* TV 애니메이션 「암호명: 이웃집 아이들」, "어른들이 애한테 브
로콜리를 먹이는 건 어른들도 먹기 싫어서 애들한테 떠넘기는
거야."

월요일

월요일마다 아이들이 하나씩 없어졌다

웃으며 놀이터로 간 아이가

울면서 돌아왔다

엄마, 모래알은 너무 많아서 하나하나 이름을 붙일 수가
없어요

아이들이 사라지는 동안

그네가 사라지고 평수가 생겨났다

시소가 사라지고 층수가 생겨났다

정글짐이 사라지고 호수가 생겨났다

엄마, 오늘은 제가 사라질 것 같아요

울면서 놀러 나간 아이는

사라지지 않았다

웃으며 돌아왔다

어디에도 모래가 묻어 있지 않았다

미끄럼틀은 아직 남아 있었다

나이키의 역사

내 첫 나이키는 하얀 실내화였어. 아직 채 발 냄새가 실내화에 배어들기도 전에 우린 엄마에게 실내화 새로 사달라고 떼를 썼었지. 기억나? 반마다 한명 정도는 장인(匠人)이 있었거든. 누구는 쇠구슬을, 누구는 비비탄을, 누구는 아직 남은 건전지를 가져다주면 하얀 실내화에 아름다운 나이키를 그려주곤 했어. 나는 주로 우뢰매 카드를 건넸지. 제법 센 카드를 넘기면 실내화 가방도 나이키가 되었어. 아디다스가 더 그리기 쉬웠지만 아무도 아디다스를 원하진 않았지. 별짓을 다 한다는 눈빛으로 코웃음 치는 녀석들도 있었지만, 때론 누가 누구 실내화를 훔쳐서 주먹다짐이 있기도 했어. 장인에게 건넬 것이 없는 아이들은 스스로 그려보기도 했지만 승리의 여신, 그 미묘한 각도를 쉽게 구현할 수는 없었어. 놀림감이 된 아이는 엄마에게 혼나 울고 다음 날, 퉁퉁 부은 눈으로 새 실내화를 신고 왔었지. 장인은 마치 라다크인처럼 아무런 대가 없이도 그에게 나이키를 그려주며 우정을 과시했지. 우린 함께 마이클 조단이 되어 마라도나가 되어 운동장을 누볐네. 세상의 모든 나이키, 우리에게 필요한 것은 유성 매직과 몽둥이찜질뿐. 매직으로 점을 찍은 것처럼 거시기에 털이 돋아날 때쯤, 우리는 처음으로 석별의 정이란 노래를 불렀고,

1993~1995: 사다리 걷어차기**

이제 버스를 타고 학교를 다녀야만 했어. 모두가 같은 옷을 입게 되었지만 모두가 같은 길을 걸을 수는 없었지. 나처럼 안경 낀 삐쩍 마른 놈들은 피해야 할 길도 있었어. 엄마에게 돈을 받아 회수권을 사야 하는 날은 온몸의 신경이 곤두섰지. 점심시간에 얼른 문구점에서 회수권을 사고 나면 마음이 편안했지만, 패나 악질적인 놈은 회수권마저 뺏어가곤 했어. 한달에 몇번은 집까지 오십분을 걸어가야 했지만, 대신 엄마에게 보일 만한 곳을 때리지 말란 부탁은 들어줬으니 괜찮아. 아이들이 용돈을 타면 누군가에겐 나이키 에어 조단이 생겼어. 아디다스 엑신은 김 빠지는 소리가 거슬렸었고 리복은 신발보다는 역시 가방이었지. 마이클처럼 공중을 날아 우리의 얼굴을 걷어차던 나이키 에어 조단. 그들은

안전지대(安全地帶)를 입고 있었지만 난 내가 좀 안전했으면 좋겠어. 선생님은 모든 걸 알면서도 아무것도 말하지 않는 미치코 런던 같은 섬나라. 성장한다는 것은 Get Used한다는 것, 우리는 그때서야 나이키가 왜 승리의 여신인 줄을 배웠어. 우리는 슬슬 키 차이도 나기 시작했고, 누구는 학교를 그만두기도 했지. 고입 연합고사 시험 날, 나는 처음으로 우황청심환을 먹어보았고,

1996~1998: 돈으로 살 수 없는 것들***

내가 고등학교에 들어가고 누나가 대학에 들어가면서부터 엄마는 일을 하기 시작했어. 누나는 술값이 필요했고 나는 담뱃값이 필요했지만 엄마와 아빠는 등록금과 공휴일이 필요했지. 일 마치고 돌아온 엄마의 어깨를 주무르면, 엄마는 문제집 살 돈이랑 학원 다닐 돈은 걱정 말라고 하셨어. 내가 문제집을 한권 한권 살 때마다 엄마의 어깨는 더욱 단단해졌네. 문제집의 권장소비자가격은 칠천원이었지만 권창섭이자가격은 만원이었지. 거스름돈은 엄마에게 거슬릴

58

거야. 문제집은 독서실에서만 풀었고, 얼마 풀지 않은 문제집은 가난한 친구에게 헐값에 넘기기도 했어. 그렇게 엄마의 어깨를 조금씩 모아, 정기 세일을 하던 날, 난 처음으로 내 나이키를 손에 거머쥐었지. 나이키 트레이닝 맥스, 기쁨의 최대치는 어디까지 허용될까. 인생에는 연습이란 없지. 그 녀석을 신고 처음으로 농구를 하던 날, 교무실에 내 앞으로 전화가 왔어. 나는 나이키를 신고 뛰었고, 응급실의 아버지는 대머리가 되어 있었지. 아버지가 퇴원하던 날, 나는 두발 검사에 걸려 머리를 삭발하게 되었고, 우리 집에는 두 명의 마이클 조단이 생겼어. 졸업 직전, 두 마이클은 목욕탕에서 마지막으로 일대일을 겨뤘고, 승리한 나는 서울로 대학을 오게 되었지. 나이와 키는 비례하지 않는다는 걸 알게 된 날부터, 난 다시는 나이키를 사지 않았어.

* 헬레나 노르베리 호지.
** 장하준.
*** 마이크 샌델.

버릇
가족의 탄생 2

창섭: 엄마, 나 이제 손톱도 혼자 깎을 줄 알아요

엄마: 너는 다 자랐구나.

창섭: 손톱을 깎을 줄 안다는 게 자랐다는 건가요

엄마: 제 몸이었던 것을 버릴 줄 안다는 걸 성장했다고 한단다.

창섭: 이상해요 자란다는 건 버리는 게 아니라 커져가는 게 아닌가요

엄마: 불필요한 건 버려야 필요한 것들이 커져간단다.

창섭: 전 이미 똥도 오줌도 버려온걸요

엄마: 그건 나온 것이라고 한단다.

창섭: 엄마는 나를 버렸어요

엄마: 그건 낳은 것이라고 한단다.

창섭: 엄마, 나는 손톱을 먹을 줄도 알아요

엄마: 발톱을 먹을 수는 없잖니? 그런 건 버릇이라고 한단다.

창섭: 저는 자꾸 자라나는 버릇이 있어요

엄마: 고치지 않을 것이잖니? 그렇다면 버릇이 아니란다.

창섭: 엄마는 아니라고 할 줄밖에 몰라요

엄마: 너는 내 안에 있었단다.

창섭: 나를 버렸어요 엄마는 내가 필요 없었나요

엄마: 너를 내 안에 버린 건 네 아빠란다.

창섭: 아빠는 엄마를 버렸어요

엄마: 엄마와 아빠는 한 몸이 아니었잖니? 그런 건 헤어졌다고 한단다.

창섭: 불필요했었나요 아니면 버릇이었나요

엄마: 손톱 같은 거 함부로 버려서는 안 된단다.

창섭: 나는 엄마를 버렸어요

엄마: 이상하구나 너는 버렸다는 말이 버릇이구나.

창섭: 고치지 않을 것이니까 버릇이 아니에요

엄마: 너는 자꾸 자라나는구나 나는 그저 재밌다.

축제
가족의 탄생 1

어머니와 아버지가 상주가 되면서
우리 집에는 장년만 남았다
에미 애비도 없는 것들과
에미 애비도 없는 에미 애비를 가진 것들은
이제 더이상 같은 집에 살지 않아서
함께 자지도 함께 먹지도 않지만
가족이나 식구 같은 말들은 여전히 유효한 공시태
이제 이 집에는 손님들만 모여서
점 백짜리 고스톱의 패를 돌리고
똥을 드시라, 내가 싼 걸 드시라
덕담들을 건네며
우리들은 고아가 된다
달력의 명절들은 사라진 지 오래고
며칠을 연락이 되지 않아도
실종자 신고는 필요 없는 시점들
이십사절기는 그런 면에서 유용하고
탈상 때마다 실업자가 생겨난다
좀처럼 청년이나 소년이 없을 때
조심스레 유년이 태어나고

안녕, 나의 조카?
평생 널 부르는 발음을 조심할게
우리는 거시적으로 축복받는다
웃음의 소실점을 한곳으로 모으니
조카를 위한 기저귀를 사면서
엄마를 위한 기저귀를 함께 사고
똥을 먹으려던 아빠의 화투패는 잠시 주춤한다
이 똥이냐, 저 똥이냐
쌍피냐, 광이냐
먹은 것이 많아 쌀 것도 많은
그럴 만한 절기다

고슴도치도 제 새끼는 예쁘다고 한다는데

우리 엄마는 나를 가장 예뻐하고
나는 나의 애인을 가장 예뻐하고
나의 애인은
나의 고양이를 가장 예뻐하는데
나의 고양이는 누구를 가장 예뻐하는지
우리의 심박수가 달라 알 길이 없지만,

너는 창밖을 바라보는 것을 좋아한다고 믿는다
너는 비 오는 창밖을 바라보는 것을 좋아한다고 믿는다
믿음마다 가시가 솟아나면,
너를 나와 만나게 해준 이에게서 전화가 온다

나는
        결국 네 엄마도 죽었대
        이렇게 비도 오는데
라고
말을 하려다

껴안는다

어떤 단어들은 그 자체로 뾰족하다

하려던 말을

　　　네 엄마가 너를 보고 싶어한대

　　 이렇게 비가 오니까

라는

문장으로 고쳐 적는다

우리는 말을 할 때마다 어쩌면,

'도'라는 조사를 뺐을 때 더욱 완벽해지는 문장들이

폴란드는 뽈스까, 거꾸로 하면

까스뽈, 가스불, 아무래도 가스불을 끄지 않고 나온 것 같아, 가스불, 그런 것만 같아, 뽈쓰까, 우째야쓰까, 돌아가야 하는 것일까, 계속 불붙어 있을 것만 같아, 가스불, 크루프니크*가 졸아붙고 있을 것만 같아, 크라이시스, 냄비가 달아오르고 있을 것만 같아, 위기를 기회로, 기회를 회기로, 회기를 회귀로, 돌아가야만 하는데, 달려가야만 하는데, 설마 끄고 나온 것이면 어떡하지, 가스불, 억울할 것만 같은데, 울컥할 텐데, 후회할 텐데, 끝도 없이 뒤바뀌는 생각, 한결도 같이 달라붙어 있는 두 발, 앞뒤를 자꾸 거스르는 시간, 돌아갈 수도, 돌아가지 않을 수도 없는 거리, 이렇게 멍하니 서 있다 보면, 바르샤바가 불에 타기 시작할걸, 걷잡을 수 없을걸, 바르게 살 수 없을걸, 거꾸로 살 수밖에 없을걸, 그렇지만 여기는 회기역, 아무리 1호선을 타고 달려도, 바르샤바에 다다를 순 없을걸, 회기가 기회가 된다면, 기회가 위기가 될 수도 있을걸, 졸아붙는 크루프니크를 해결할 수 있을걸, 불타는 바르샤바를 구할 수 있다, 육룡이 나르샤, 봐, 폴란드로 날아가잖아, 포기하지 마라, 불 끌 때까진 불 끈 게 아니다, 끝날 때까진 끝난 게 아니다, 설령 그렇다 해도, 애초에 그런 일을 시작하지도 않았다면, 그런 일이 시작되지도 않았다면, 바

66

르게 살 수 있었을까, 후회하지 않았을까, 모든 걸 되돌릴 수
있었을까, 없었을까, 어땠을까, 폴란드는 뽈스까, 뽈스까를
거꾸로 읽을 필요는, 없었으니까,

* 보리를 죽처럼 끓인 폴란드의 전통 요리.

겹침

스스로 목숨을 끊은 사람이
매일 밤 나를 찾아왔다

여기도 스스로 찾아온 거야?
나랑 별로 친하지도 않았으면서?

~~여긴 시간이 거기와 많이 다른 것 같아~~
여기는, 여기야
~~여긴 너의 방이니까, 여긴 거기야~~

그 사람이 말을 할 때마다
고양이가 이불을 긁었다

거기선 손톱을 깎지 않는 거야?
~~이곳에선 아무것도 자라지 않아~~
깎으면, 자랄지도 몰라

아무것도 모르면서 쉽게 말을 한다
나는 스스로 무엇이든 할 수 있다

~~불을 왜 켜두고 자는 거야?~~
네가 자꾸만 찾아와서……
~~네가 불을 켜둬서 여기에 오는 거야~~

불을 끄니 무서웠고
다시 불을 켜자 그는 없었다

이건 뭐지?
사람의 손톱이 아닌 것이
이불 위에 흩어져 있었다

다시 불을 끄자 나는 없었다
불을 켜니 무섭지 않았다

~~네 고양이 손톱이야~~
난 고양이를 키우지 않는데
~~고양이가 없어도 고양이 손톱은 있을 수도 있지~~

가만히 고양이 이름을 불러보았다
고양이는 스스로 무엇이든 할 수 있다

~~어제 가야 할 시간이야~~
거긴 여기와 시간이 많이 달라?
~~거기는, 거기야~~

<u>*스스로 갈 수도 있는 거야?*</u>

스위치를 내리지 않았는데도
스스로 불이 꺼졌고
창밖에서 고양이 울음소리가 잠깐 들렸다

이건 뭐지?
조금 젖은 발자국이 화장실 쪽을 따라 나 있었다
발을 갖다 대보니 내 것이었다

화장실의 불을 끄고 침대에 다시 누웠다

49재

어딘가 다녀온 사람이 있습니다
세탁기를 열면 그 안에 똬리 튼 채 잠들어 있고
(하마터면 그냥 빨래 돌릴 뻔했잖아요)
이불을 걷으면 침대 위에서 큰일도 보고 있고
(제 발 냄새가 왜 이리 구린가 놀랐지 뭐예요)
TV 보듯, 창밖에서 내 방을 바라보고 있기도 하죠
우리 집은 무려 4층인데

노크 같은 건 할 줄 모릅니다
비밀번호를 누를 줄도 모를걸요
그곳에선 모든 걸 처음부터 학습하죠
이곳의 예의 따위는 화장할 때 함께 태워버렸어요
주소나 아쉬움은 미처 못 태워버렸는지
잘도 여기저기 찾아옵니다
자기 살던 집은 26층이라 너무 높아 차마 못 올라가고
친하지도 않던 동생 집에나 매일매일
그것도 밤에만, 그것도 불현듯
매일 밤 이마에 도장을 찍어줍니다

일곱번의 일주일이 지나고
사십구개의 스탬프를 모두 찍으면
오십번째 묻은 인주에는
삶도 리필이 되나요?
하지만 아메리카노일 뿐인가요?
마끼아또가 될 수는 없고 코리아노도 되지 못하겠죠?

산산조각 난 슬픔의 뼈대들을
퍼즐 맞추듯 다시 끼워 맞추면
원래의 모습으로 다시 살아날 수도 있었나요?
하지만 이제 모든 건 가루가 되어버렸고
유골함은 남편분이 들어주시고
위패는 동생분이 들어주세요
밤에만 찾아왔지만 낮에도 난 동생이었다
24시간 동생이었지만 이젠 1초도 동생이 아니고
콩가루까지는 아니지만
남아 있는 사람들은 적당히 가루가 되어버렸고

어딘가 떠나간 사람이 있습니다

빨래를 하려 세탁기를 열면 저번에 미처 못 꺼낸 양말이
(난 또 어디 술집에 벗어놓고 온 줄 알았지!)
잠을 자려 이불을 덮으면 우리 집 고양이의 잔변 냄새가
(난 또 내가 차마 깨끗이 못 닦은 줄 알았지!)
창밖을 보면 붉게 빛나는 십자가들이
하나, 둘, 셋, 넷, 별들보다 많이 보이고

마흔아홉개의 십자가를 찾으면
죽음도 리필이 되나요?
차마 다 닦지도 못하고
양말 한짝만 신은 채 어영부영 떠날 수 있나요
처음부터 모든 걸 다시 배울 수도 있나요
아니 어쩌면,
멍텅구리처럼
다 묻어버리고 더블로 갈 수도 있으려나요
대답은 필요 없어요

더블링

무인도에 갑자기 떨어진 이가 있었네

주머니를 뒤지니 주사위가 하나 있었지

주사위를 심으면 주사위가 열릴까 싶어

양지바른 곳에 묻었네, 기다렸지만

일년이 지나고 이년이 지나도

새싹 하나 돋지 않았네

삼년째가 되기 하루 전

그는 스스로 목숨을 끊고 말았지

숨이 멎은 그의 몸에

굵은 점들이 돋기 시작했네

모두 합해 스물한개였어

그리고 이곳은 다시

다음 사람을 기다리는

무인도가 되고 말았네

만우절
죄책감들 6

집을 치워야겠다
생각하면
무엇부터 해야 할까
생각하고

깨끗해진 집이
상상되면
삼일 후 더러워진 집이
상상된다

그저께 마신 커피로 얼룩진
커피 잔에다
오늘 다시 뜨거운 물을 부으면
녹차 잔이 되고

나는 녹차 대신
보이차를 탄다

내일은 내일 마음대로 오지 않아서

오늘은 어제 마음대로 왔다는 얘기

겨울 한 철 덮은 이불이라고
겨울 냄새가 나는 건 아니었다

이불부터 빨까 하다가
하루만 더 덮고 자기로 했다

온 집 안의 창문을 열어두니
어떤 방의 문은 저절로 세게 닫혔다

조금 놀랐다
봄이 오지 않았다는 얘기

세습

나는 커피를 쏟았다
내가, 흠뻑
책상 위에 쏟았고 물티슈로 닦았다
닦인다기보다는
쓸려 바닥으로 떨어졌다
교실이 커피 향으로 가득했다

처음으로 들어온 학생이
선생님, 커피를 드셨나요? 물었고
나는 커피를 쏟았다
고 답했다

다음으로 들어온 학생이
선생님, 커피를 드셨나요? 물었고
처음으로 들어온 학생이 커피를 쏟았다
고 답했다
나는 그런 것까지 말할 필요 없다
고 말했다

다음으로 들어온 학생이
선생님, 커피를 드셨나요? 물었고
두번째로 들어온 학생이 그런 것까지 말할 필요 없다
고 답했다
나는 조금 얼굴이 빨개졌다
고 생각했다

마지막으로 들어온 학생이
선생님, 얼굴이 빨개지셨나요? 물었고
세번째로 들어온 학생은 아무런 말이 없었다
나는 커피를 쏟았다
는 것을 처음 들어온 학생만 알았다

자리에 앉으렴
수업 시작할 시간이야
오늘은 대구와 반복에 대해 배울 것이다

매생이 전복중

섭아, 섭아, 죽이라도 한술 좀 뜨거라, 엄마나 뜨세요, 엄
마, 근데 이건 죽이 아니라 죽음인걸요, 섭아, 아들아, 주저
하지 마라, 망설이지 마라, 우린 어차피 다 죽으려고 먹는단
다, 먹으면서 죽는단다, 잘 먹는 게 다 복이란다, 하지만 엄
마, 이건 복이 아닌걸요, 죽이 아닌걸요, 복죽이 아니라 폭죽
인걸요, 자꾸만 씹히는 이게 다 뭐죠, 씹히자마자 터져버리
는 이게 다 뭐죠, 겁내지 마라, 뱉지 마라, 건더기들은, 어차
피 다 죽은 거란다, 우린 다 죽은 걸 먹으면서 죽어간단다,
그게 터진다고 네가 터지진 않는단다, 혹여나 터진대도, 뭘
또 어쩌겠니, 그게 다 네 복이란다, 죽기밖에 더 하겠니, 귀
한 전복이란다, 완도산이란다, 꼭꼭 씹어 먹거라, 그렇지만
엄마, 이건 전복죽이 아닌걸요, 이건 전복만이 아닌걸요, 뭉
친 머리카락처럼 몰려드는 이것은, 숨 막힐 뿐입니다, 엉키
고 있을 뿐입니다, 전복중일 뿐입니다, 자 꾸만뒤엉 키고자
꾸만숨막 히는이 것들은모 두, 아들아, 말은 똑바로 하거라,
목 메지 말거라, 목을 매지 말거라, 너에게 못 멕일 걸 멕이
겠니, 해코지를 하겠니, 나는 그저 너에게, 나는 그저 맛있는
걸, 나는 그저 우리가, 연을 맺은 나는, 그저 이번 생을 죽이
라도, 언제 죽더라도 한술, 맛있게 하고자 하여, 그리고 죽으

면, 혹시 모를 다음 생을, 그리고 또 다음 생을, 이어질 다음
생을, 우리의 매생, 매생이,

　전복죽입니다, It is abalone rice porridge, 따스한 마음과
마음이 뭉쳐, 건강한 육체에 건강한 정신이 깃들게 하는, 이
전복죽입니다, This is abalone rice porridge, 다른 것이 아니
라, 이것이야말로, 다른 동물이 아니라, 사람이야말로, 다른
사람이 아니라, 너여야만 해, 나여야만 해, 그래야만, 생이
전복죽입니다, Life is abalone rice porridge, 목을 매고 떠난
사람과, 목이 메어 남은 사람이, 뒤엉켜서 울고 있는, 먼저
떠난 사람과, 따라 못 떠나는 사람이, 따로 놓여 웃고 있는,
매생이 전복죽입니다, It is seaweed fulvescens abalone rice
porridge, 이전 생에도, 이번 생에도, 다음 생에도, 혹은 그,
그다음 생에도 너는 죽는다, 나는 죽는다, 껍데기가 하나뿐
이라, 출구는 없어도 입구는 있는, 입구가 있으면 출구가 없
는, 매생이 전복죽입니다, Every life is abalone rice porridge,
밥상 위에 놓인 죽이 이젠, 제사상 위에 놓인 죽이 되고, 제
사상을 차리던 사람이, 다시 생일상을 받으리, 아무리 그래
도 생일을 맞은 사람이, 죽을 먹는 게 어뎄어요, 다른 것도

아니고 죽을…… Every life is ruined rice porridge, 죽은 이보다 산 이의 나이가 더 많아지고, 떠난 누나에게 남은 동생이, 오빠가 될 때, 저기에선 엄마가 죽어가고, 먼저 죽어 먼저 다시 태어난 사람이, 나중 죽어 나중 다시 태어난 사람에게 언니가 되면, 망했습니다, 이번 생에 엉킨 것이, 다음 생에도 엉킬 거예요, 그다음에도, 또 그다음에도, Every life has been ruined, Every life was ruined, Every life is ruined, Every life will be ruined, 이건 그저, 그저, 매생이 전복죽입니다,

제 3 부

안에서 밖으로

사과 어폴로지

는 애플 어폴로지
누가 하우 아 유 물어보면
아임 파인 애플 어폴로지
껍질이 단단하지 않은 애플 어폴로지
어폴로지는 애플, 애플은 사과
미안할 필요가 없을 때도 사과를 잘해야 합니다 아임 파인
애플 어폴로지 길거리로 나온 사람은
교통에 방해를 일으켜서 어폴로지
운전대를 놓은 사람도 교통에 불편을 드려서 애플 어폴
로지
마을의 고요를 잃고, 기지의 공포를 얻은 사람도,
바다의 아침을 빼앗기고, 농성장의 새벽을 얻은 사람도,
대의에 지장이 되어서, 정의를 알지 못해서, 죄송합니다
어폴로지
철탑에 오른 사람도, 지붕에 오른 사람도, 가장 높은 곳에
서 하는
어폴로지 그렇지
,만 만유인력에 의해 바닥에 떨어지고 마는 어폴로지 사과
사과를 하는 사람들은 매일매일 사과를 해서 파인 애플

어폴로지

　어폴로지는 애플의 로직

　애플 어폴로지는 애플의 어폴로지

　사과를 할수록 불편을 드릴수록

　껍질이 단단해지는 파인 애플 어폴로지

　가시도 생기고 마는 어폴로지 파인 애플

　그 이름 때문에

　미안하지 않을 일도 미안해야만 하는 애플 어폴로지

　낮은 바닥으로 떨어지고 말면 멍이 들겠지요

　껍질에 멍이 들고 말면,

　그 껍질이 벗겨지고 말면 어디든 아플

　애플 어폴로지 그렇지

　,만 누가 하우 아 유 물어보면

　이제야 아임 낫 파인이라고 대답하는

　애플 어폴로지 애플 낫 어폴로지 사과 낫

긴장들*

다른 크기의 힘이 대치할 때,

머리들이 교차할 때, 나의 입이 다른 이의 귀에 가 닿을 때,

땀이 날 때,

나 여기 있고 너 거기 있을 때,

가 닿은 입으로 "이 용역 깡패 새끼야"라고 말할 때,

욕을 아무리 교환해도 더 추워지지 않을 때,

서로의 표정을 볼 때, 한결같을 때,

힘, 각각의 힘들은,

스스로가 마지막 남은 양심들일 때,

법이라는 최후의 보루를 믿을 때, 믿지 않을 때,

다른 입이 내 귀에 "욕하지 마, 씨발 새끼야"라고 속삭
일 때,

아직도 모순이란 말의 뜻을 잘 모를 때,

귀가 간지러울 때,

바라볼 때, 고개를 끄덕일 때,

이 땅을 지배하는 인과율을 잘 학습했을 때,

좋게 좋게 해결될 때, 알았어 알았어, 잘 알아갈 때,

망치를 내려칠 때, 단단한 무언가가 부서질 때,

누군가 "우리도 좀 살자"라고 말할 때,

그 말이 이쪽에서 나온 건지 저쪽에서 나온 건지 모를 때,
이쪽이 왜 이쪽인지 저쪽은 왜 저쪽인지 모를 때,
확신하고 싶을 때, 믿음이 흔들릴 때,
너무 오래,
힘과 힘이 만날 때,
모든 것이 익숙해질 때,

* 강남 라떼킹 강제집행 현장을 다녀오며.

강제집행*

단추의 구멍은 네개
구멍들의 크기는 똑같아
무엇이 첫번째 구멍인지
무엇이 다음의 구멍인지는 없지
어떤 구멍에 바늘이 들어오면
다른 구멍에 바늘이 들어와
집행이라는 것은 바늘의 할 일
고통이라는 것은 구멍의 할 일
바늘이 하는 일은 법의 집행
구멍이 하는 일은 법의 구멍
구멍은 구멍들의 안부를 몰라
제 몸에 바늘이 들어오고 나서야
다른 구멍과 실로 묶인다
구멍은 단추의 할 일
단추의 할 일은 과연 함께?
단추는 옷에 달려 있을 때도 단추고
떨어져버렸을 때도 단추
누군가의 할 일은
단추를 뜯는 것

단추를 다시 매다는 것은
누군가의 할 일
구멍들의 단추는 네개
단추는 구멍
구멍은 단추

* 홍대 앞 삼통치킨 강제집행 현장을 다녀오며.

사월의 언어학

음운론(音韻論)

잘못 보낸 편지들인데 반송되지 않았다, 따로 적어나간
모음과 자음들, '一'와 같은 모음들은 수평선이 되어 우리를
위아래로 분류하기에 적당했다, '슬픔'을 가르는 수평선 위
로는 마찰음과 격음들만 존재했고, 수평선 아래로는 공명
(共鳴)의 사연들이 잠겨 있었다, 파도 소리는 땅에서 그리운
말들이 아니야, 메아리는 산에서만 울리는 것이 아니야, 모
음들이 아아아아 섬 쪽으로 소리치면 노을 대신에 후두음이
들려왔다, 자음을 잃은 모음과 모음을 잃은 자음들로 채워
진 분류표, 그래서 우리는 모래 위에다 이름을 적는 것이지,
지워질 것을 아니까 적는 것이지, 발음될 수야 없는 것이지,
그건 그냥 소리다, 우리는 언어음이 아니다, 나는 침묵해야
하므로 내 두 눈을 그 음운들과 맞바꾸지 못했다, 그 누구의
소원도 묵음이 되는 것은 아니었을 텐데,

문법론(文法論)

　어떤 언어에서는 갑자기 시제가 사라진 일이 있었다고 한
다, 오늘이 수요일이니까 내일도 수요일이듯 일곱시간 뒤에
는 아무도 몰라요, 어떤 발화도 내일로 가지 못했다, '지난'
이란 수식어도 '곧'이라는 수식어도 '지금'이라는 부사 안
에 녹아 있는데, '지금'은 명사형의 나날들, 약속은 모두 미
래형이라서, 그 어떤 다짐의 말들도 서술되지 않았다, 다만
우리가 기록할 수 있었던 것은 현재의 고요함들, 언어가 천
천히 가라앉는데도 프롬프터가 일러주는 대로, 철저히 어법
과 맞춤법을 준수했다, 우리는 의심할 수 있을까, 답변은 나
중의 문제이므로 질문도 존재하지 않았다, 그건 서사가 필
요하지 않은 묘사의 나날들, 인과는 쓰디쓴 열매, 아무리 과
거형에 과거형을 덧붙였었을지라도, 미래는 오지 않겠지,
우리의 달력은 필요하지 않은 것이니까, 약속은 지킬 필요
가 없는 것이니까, 우리는 어긋난 문장으로 오늘을 묘사했
다, 신이여, 구원해주소서, 굶주리는 자 옆에서 먹는 피자와
짜장면은 더욱 맛있었으니, 누군가의 가장 멀리서, 우리는
슬퍼했노라고, 현재 시제의 슬픔이야말로 처절한 것이라고,

문자론(文字論)

이름이 뭐라고 했니? 수아? 그래, 네 이름은 연필로 적기
에 참 좋은 획을 가졌구나, 힘을 너무 주면 예쁜 글씨가 나오
지 않는단다, 수아, 네 이름을 발음할 때는 귓전에 파도 소리
가 울려, 어디든 이름을 올린다는 건 좋은 일이지, 그렇지만
퇴고를 할 때 우린, 잘못된 글자가 아니라, 가장 늦게 쓴 글
자부터 지우기도 한단다, 기억하지 못할까봐 사람들은 기록
한단다, 다시 기록하지 못할까봐 사람들은 지운단다, 지운
것은 사람들이 잘 기억하지 못한단다, 칠판 같은 해변에 빼
곡히 박힌 조개들은, 바다를 닮은 상형문자, 이미 껍데기만
남은 것들도 많아서, 그 속을 채우기 위해 바다는 가끔 심술
을 부린대, 수아, 오늘의 이름을 닮아, 너는, 언젠가는 물의
문자로 다시 태어날 터이니, 금요일엔 돌아오렴*, 떡국을 끓
여놓을게,

* 416 세월호 참사 시민기록위원회 작가기록단 『금요일엔 돌아오
렴』, 창비 2015.

1반*
죄책감들 4

애인이 내 침대에 다녀간 다음 날이면
샅 아래까지 내려오는 티셔츠를 입지요
그러면 나는 남자도 아닌 나,
나도 아닌 남자
어쩌면 이대로는 실수인 것처럼
여자 화장실도 갈 수 있을 것 같아요
그러면 나는 나도 아닌 여자,
여자도 아닌 나

,

이 시절
몇몇의 남자들이 서로를 핥는다 하여
몇몇의 여자들이 서로를 덮는다 하여
어쨌든 뒤집힌 모자들이,
상당수 버려진 수건들이,
그대로 우리를 흘러갑니다
구호는 구호대로, 이념은 이념대로

,

몇달에 한번쯤 내 몸의 털들을 뽑으러 갑니다
왁싱을 해주는 사람이 여자라도 나는,

발기를 하지 않기로 다짐하지요
그것은 엄마가 해주는 일
세신을 해주는 사람이 남자라도 나는,
발기를 하지 않기로 다짐하지요, 부디
그것은 아빠가 해주는 일……
……

팔꿈치는 제 성감대지요
때도 제일 많이 나오고

,

애인이 있는 내 애인
세상에서 제일 잘생겨서
나는 애인의 애인도 사랑해
어떤 날에는 많이,
어떤 날에는 조금만,

,

털도 없고 때도 없이
우리는 집회에서 만납니다
유일신께 기도하지요
유일하다면 그것은

X도 아니고 Y도 아니지
어쩌면 이대로는 실수인 것처럼
천국에라도 갈 수 있을 것 같아요

* 서울퀴어문화축제를 다녀오며.

계급

유명한 사람과 점심을 먹는다
유명한 사람은 나의 이름을 세번 물었고
나는 유명한 사람의 이름을 묻지 않는다
내가 식사를 먼저 마친다
유명한 사람은 유명한 만큼 말이 많다
가끔 내가 그의 말에 고개를 끄덕거리지 않으면
유명한 사람은 "안 그래요?" 되묻는다
나는 물을 석잔이나 마시지만
유명한 사람은 물을 마실 틈도 없다

유명한 사람은 어제 서점에 다녀왔다
자신의 이름을 사람들의 물건에 사인하던 중
유명한 사람은 자신의 이름이 맘에 들지 않았다
그럼 나와 이름을 바꾸지 않겠냐고 묻고 싶었지만
내 이름을 또다시 물을 테니 망설인다
순간, 목에 사레가 들려 재채기를 하자
유명한 사람은 "왜 그래요?" 묻는다
대답을 하지 않았지만 그도 필요로 하지 않는다

유명한 사람은 식사를 이제야 마친다
광화문에서 다른 약속이 있다 하였다
유명한 사람과 헤어지고 나는
07년식 프라이드에 앉아 시동을 건다
나는 홀로 차에 앉아 혼잣말을 하고
유명한 사람은 많은 사람들과 5호선에 앉아 있다
유명한 사람에게서 "오늘 즐거웠어요" 문자가 왔지만
나는 답하지 않는다
유명한 사람은 자신보다 더 유명한 사람을 만나러 가고
나는 그의 전화번호를 지운다

아무래도 서울에는 차가 너무 많다

Why-FI

와이, 와이파이 비밀번호는 기껏해야 1에서 시작하여 9로
가거나 0에서 시작하여 9로 갈까요, 대충은 다 알게, 그건 와
이파이가 공공재적 성격을 갖기 때문입니다, 대중은 다 알
게, 공공재라면 왜 비밀번호가 있습니까, 다 알지는 못하게,
그건 완전히 공공인 것은 아니기 때문입니다, 다 갖지는 못
하게, 공공은 왜 0에서 시작하여 0으로 갈까요, 공공재는 왜
0에서 시작하여 재가 되어버릴까요, 공공재적은 왜 0에서
시작하여 적이 되어버렸다, 와이,

와이, 와이셔츠는 티셔츠보다 단정합니다, white는 blue
보다 단정합니다, "선생님, 청바지는 입으시면 안 돼요" 그
래서 입은 빽바지는 white라 blue보다 단정합니다, 화이트
진도 jean이라서 청바지라는 말은 차마 못 합니다, 청바지가
안 된다면 적바지는 괜찮습니까, 적바지는 청바지보다 단정
합니까, 빽바지는 왜 빽에서 시작하고, 적바지는 왜 적으로
시작해버렸다, 와이,

비정규직 교사에게 와이, 명절 보너스는 상품권일까, 그
상품권으로, 와이, 와인을 살까, 하필 나는, 와인 한병을 사

고선 바로 길바닥에 떨어뜨려버린 걸까, 유리는, 와이, 닿기만 하면 깨져버리는 걸까, 갑자기 바람은, 왜, 부는 걸까, 와이, 바람에서, 바닥에서 나는 와인 향기는, 와이, 너무 좋은 걸까, 나는 와이, 길바닥에 쪼그려 앉아, 유리 조각을 주우며 웃고 있는 걸까, 와이,

    파이는 공유되지 않습니까, 와이, 파이는 증폭되고는 있습니까, 와이, 파이는 온 세상 길바닥에 널려 있지만, 와이, 파이는 닿기만 하면 깨져버립니까, 파이, 와인이 튄 빽바지를 보며, 와이, 나는 파이 조각을 줍고 있습니까, 와이, 파이의 향기는 너무 좋아서, 와이, 유리 조각에 베인 손가락에, 솟는 피는, 와이, red도 아닌 white도 아닌, 와이, blue입니까, 와이, 파이, 블루진, 블루 와인, 블루 블러드는 와이, 와이, 파이 낫,

사이시옷

적을까 지울까 고민하는 동안

사람 하나 저 멀리서 크게 소리친다

둘이 만나는 일이란 다 그런 것이라고

나는 발음된 적도 없었다고

그저 있는 것이

나의 일이라고

적자, <u>생존</u>이라고

모든 것에는 라이벌이 있다
      가령
봄나물의 라이벌, 냉이 vs 달래라든가
        혹은
식후 커피의 라이벌, 뜨아 vs 아아라든가

어떤 학자는 자연선택을 말했고,
또다른 학자는 용불용을 말했는데
하나는 살아남고 하나는 살아남지 못했다
적자생존이었다

모든 것에는 서바이벌이 있다
      가령
도전골든벨부터 더지니어스까지
슈퍼스타K부터 프로듀스101까지
        혹은
배틀로얄부터 배틀그라운드까지
      심지어
오스트랄로피테쿠스부터 호모네안데르탈렌시스, 호모에

렉투스, 호모솔로엔시스, 호모데니소바까지, 그리고 우리는
호모사피엔스가 되어 살아남았다, 슬기로웠기에, 호모포비
아로서, a rival을 이기고,

   arrival,
    모든 것에는 어라이벌이 있다
         가령
    어제를 지난 오늘이라든가
    거기를 거친 여기라든가
         혹은
    오늘을 지난 내일이라든가
    여기를 거친 저기라든가
         그래서
    오늘과 여기는 어라이벌이 되지 못하고
    살아남지 못했다
    적자생존이었다

    냉이와 달래는 둘 다 살아남았다
    오늘의 일이다

냉이와 달래가 라이벌이라고 말하는 사람이 있었다
바로 나다
어제, 거기의 나
나는 슬기롭지 못해서
어라이벌이 되지 못한다
내일의 나도 덜 슬기로와서
오늘의 나와 a rival

뜨거운 아메리카노와
아이스아메리카노를 섞어 마시는 사람이 있었다
무슨 맛이냐고 물었다
멍청한 질문이었다

박사 학위 없는 시간강사의 글쓰기 수업

1. 정의

우리가 다룰 정의는 Justice가 아니라 Definition입니다.
Definition은 한정한다는 거지요. 한정한다는 것은 어떤 것
만 포함된다는 거지요. 어떤 것만 포함된다는 것은 어떤 것
은 배제된다는 거지요. 어떤 것이 배제된다는 것은 "너희"를
만든다는 거지요. "너희"를 만든다는 것은 "우리"를 만든다
는 거지요. "우리"를 만든다는 것은 "너희"를 만든다는 거지
요. "너희"를 만든다는 것은 어떤 것이 배제된다는 거지요.
어떤 것이 배제된다는 것은 어떤 것만 포함된다는 거지요.
어떤 것만 포함된다는 것은 한정한다는 거지요. 한정한다는
것은 Definition이지요. Definition이야말로 우리가 다루는
Justice.

그렇다면 이제 Justice를 순환 없이 Definition 해보시길 바
라겠고,

2. 비교

먼저 비교할 두 대상을 왼쪽과 오른쪽에 나란히 놓으세요. 위와 아래에 놓으세요. 안과 밖에, 앞과 뒤에, 가까이와 멀리에 나란히, 나란히 놓으세요. 비교할 세 대상을 강과 중과 약에 나란히 놓으세요. 비교할 네 대상을 봄과 여름과 가을과 겨울에 나란히 놓으세요. 비교할 다섯 대상을 도, 개, 걸, 윷, 그리고 모에 나란히 놓으세요. 비교할 여섯 대상을 대장과 소장과 위와 쓸개와 방광과 삼초에 나란히 놓으세요. 비교할 일곱 대상을 도와 레와 미와 파와 솔과 라와 시에 나란히 놓으세요. 비교할 여덟 대상을 강원, 경기, 경상, 전라, 충청, 평안, 황해, 그리고 함경에 나란히 놓으세요.

나란히, 나란합니까. 몇번을 다시 보아도 나란합니까. 나란히 놓일 수 있는 것들이었습니까,

3. 분류

어떤 종(種)이든 생존을 위해 가장 중요한 작업은 분류 아니었을까요. 저 동물은 나를 해칠 동물, 저 동물은 한번 겨뤄볼 수 있을 만한 동물, 저 동물은 내가 쉽게 잡아먹을 수 있는 동물, 이건 독이 있는 열매, 이건 익혀 먹어야 할 열매, 이건 그냥 먹어도 되는 열매, 저분은 전임교수님, 저분은 신임교수, 저 사람은 전임강사, 저 사람은 시간강사. 분류에 능한 종만이 자연의 선택을 받아 생존했을 겁니다. 그리하여 나는 A+, 너는 B0, 누군가는 F. 하지만 아무리 레테르를 부착해도 분류에서 미끄러지는 개체도 존재하지요. 그렇다면 레테르의 외연을 넓히는 게 좋을지 새로운 레테르를 만드는 게 나을지도 고민해보시고,

다다음 주까지 정의, 비교, 분류가 모두 포함된 글쓰기를 해오시길 바랍니다.

정의의 행정학

마스크를 쓴 사람이

마스크를 쓰지 않은 사람에게 일갈했다

할 말이 있으면

마스크를 쓰고 하라고

마스크를 쓴 사람과

마스크를 쓴 사람은

아무런 말을 나누지 않았다

마스크에서 비릿한 공산품의 맛이 났다

혀 없이 코로 느꼈다

민주주의에서 비릿한 다수결의 맛이 났다

마스크 없이 마스크로 느꼈다

최후의 마스크를 쓰지 않은 사람이

최후의 마스크를 썼다

아무도 일갈하지 않았다

다수결에서 비릿한 공산품의 맛이 났다

비교의 사회학

　페널티킥을 잘 차는 농구 선수와 3점슛을 잘 던지는 축구 선수 중 누가 더 필요 없습니까 박사 학위가 없는 시간강사와 강의 제의가 없는 박사 학위자 중 누가 더 쓸모없습니까 구멍이 난 양말과 구멍이 없는 폴라티는 또 어떻습니까 다리가 하나인 치킨과 다리가 열한개인 오징어구이 중 무엇이 더 어이없습니까 때때로는 무섭다고 말하진 않겠습니까 이년 된 겉절이와 이틀 된 묵은지 중 무엇이 더 필요 없습니까 가능합니까 가능합니다 불가능합니까 밥을 물에 마는 것인지 물에 밥을 마는 것인지 삼년째 궁금해하는 사람과 물에 물을 마는 것처럼 밥에 밥을 마는 것처럼 말을 하는 사람 중 누가 더 필요 없습니까 헤어지자는 말이 없이 떠난 사람과 사귀자는 말이 없이 내 곁에 있는 사람 중 누가 더 필요 없습니까 내가 아주 어렸을 때 '넌 앞으로 무엇이든 잘 하지 못할 거야'라고 말해준 사람과 내가 아주 늙었을 때 '넌 앞으로 무엇이든 잘 해낼 거야'라고 말해준 사람 중 누가 더 형편없습니까 이런 질문을 하는 사람들과 이런 질문에 답하는 사람들 중 누가 더 쓸모없습니까 둘 중에 하나는 저일 수도 있고 둘 중에 모두가 저일 수도 있으며 저는 당신 당신은 우리 우리와 너희 중 무엇이 더 필요 없습니까 필요와 무필요

중 무엇이 더 필요 없습니까 답변과 침묵 중 무엇이 더 필요
있습니까 때때로는 무섭다고 답하겠습니다

분류의 정치학

오늘부터 규칙은 바뀝니다. 라인 안에서 쏘는 슛이 3점슛이며, 라인 밖에서 쏘는 슛이 2점슛입니다. 경계 밖에서 이뤄지는 일이 경계 안에서 이뤄지는 일보다 혜택 받을 순 없습니다. 우리는 기준 안에서 행동할 것이며 그 기준은 엄격할 것입니다.

자유투도 이제는 넣는 팀의 득점을 1점 가산하는 것이 아니라 상대팀의 득점을 1점 감산하게 될 것입니다. 누군가 규칙을 어겼을 땐 피해자에게 혜택을 부여하는 것이 아니라 가해자에게 벌칙을 부여하는 것이 옳습니다. 사실은 2점 감산하는 방향까지 고려해봤습니다만, 어느 정도란 게 있죠. 네, 우리 모두가 잘 알고 있는 그런 정도의.

규칙은 경계 안의 사람들을 위해 존재해야 합니다. 보통 사람들, 일반적인 사람들, 평범한 사람들, 대다수의 사람들을 위해 존재해야 합니다. 그러한 기준이야말로 정의입니다. 순수한 사람들, 노력하는 사람들, 그리하여 우리 사회에 도움이 되는 사람들, 우리는 다수의, 다수에 의한, 다수를 위한 규칙들을 만들어나가겠습니다. 기회는 우리에게 평등할 것입니다. 과정은 우리에게 공정할 것입니다. 결과는 우리에게 정의로울 것입니다. 그것을 끊임없이 추구해나가는 것이 바로 우리 한국농구협회의 존재 의의입니다.

　감사합니다. 앞으로도 한국의 농구인들을 위한 협회가 되겠습니다.

　ps. 한국야구협회와 한국축구협회, 한국배구협회 역시 빠른 시일 내에 규칙들을 검토하여 올바르고 공정하게 재정비하시길 건의하는 바입니다. 우리 4대 구기 종목부터 앞장서야 다른 구기 종목들도 본받고 뒤따르지 않겠습니까?

　QnA. 국제 기준과 상충됨을 잘 알고 있습니다만, 여기는 한국이며, 따라서 우리는 한국의 농구 발전을 위해 최선을 다할 뿐입니다.

플라나리아

나의 반대말은
너도 아닌 우리도 아닌 나인데
나는 나밖에 낳을 줄 모릅니다
이렇게 부족한 나라도 괜찮겠습니까
그는 저 멀리서 모두 지켜보고 있고

이렇게 모자란 나라도 괜찮겠습니까
자꾸만 모자라서 나에게 말합니다
"아이를 낳아라 너 갖고는 부족하니까"
나라는 나에게 나라도 낳아,라고 말하고

I My Me Mine
아이 마이 미 미안하게도
나는 자꾸 아이 대신 나를 낳고

그런 나는 핑크 카펫에 앉을 자격이 못 됩니다
그는 저 멀리서 날 지켜보고 있고
자리가 이렇게 부족한데 괜찮습니까
"자리를 낳아라 이거 갖고는 부족하니까"[i]

자라가 자꾸 산란을 할 수 있는 건
바다라는 자리가 있어서
모두 받아내기 때문인데

I'm still hungry
나는 자꾸 모자랍니다
내가 가진 건 원룸뿐이고

그래서 아이를 낳았죠
한국어 명사는 격 변화가 없어서
아이 마이 미 미안
나는 아마 모자라지만
한국어 명사는 성 할당이 없어서
어미가 될 수는 없고
부자가 될 수는 더더욱 없습니다

나는 자꾸
그저
나를 낳을 뿐

우리는 슬몃,

아니 슬며시

플라나리아를

폴리나리아로 고쳐 적습니다

i) 박 대통령은 "소득이 없고 고용이 불안하기 때문에 결혼을 엄두
도 내지 못하고 있는 것"이라며 "지금 우리나라가 이 문제를 해
결하지 못하고 방치하면 젊은이들의 가슴에 사랑이 없어지고 삶
에 쫓겨가는 일상이 반복될 것"이라고 우려했다.(박 대통령 "젊
은이들 가슴에 사랑이 없어질 것", 노컷뉴스, 2015년 12월 10일)

제 4 부

밖에서 밖으로

달 사람 일

아니 이 정도, 딱 이 정도
그런 달이 뜬 밤이면 나는 말하지
아니, 세상에 달 일이 다 있다고

처음 난 것도 아니고
보른 것도 아니고 그믄 것도 아닐 때,
아니, 하다못해 딱 반이지도 못할 때,
딱 이 정도에는 이름도 안 붙여서 나는 그냥
아니, 세상에 달 일이 다 있다고

아니, 그게 달이 차고 기운다 해도
아니, 진짜 달이 차고 기우는 게 아니라서
달 이름은 아주 그저 사람들 보이는 대로
사람 일이지 달 일이 아니지 그게
아니, 달에 사람 일이 다 있다고
서로서로,
다른 사람의 일

아니 그래, 그래서

나는 좀 큰일이 있을 때
아니 그래, 그래, 좀 웃긴 일이 있을 때
아니, 세상에 달 일이 다 있다고
아니 아니, 달보다 더 큰 별들이 많대도
별들 중에 달이 제일 꼴찌라도
그래그래, 나는 그냥 나 보이는 대로

아니, 세상에 달 일이 다 있다고
사람 일이 다 있다고,
달, 사람, 일,
달은 사람의 일

213 Round*

숟가락을 놓으면
외로웠다가
젓가락을 놓으면
덜
외로워지고
밥을 안치면
외로웠다가
국을 올리면
다시,

둘이 하나가 되면
그보다 커지는 비밀이란,
적당한 만큼이
모자랄 만큼으로
남을 만큼이 다시
적당한 만큼으로

접시를 꺼내고 김치를 담는다
매일 메모를 하는 습관처럼

다른 메모를 하는 습관처럼

밥을 푸면
외로웠다가
국을 뜨면
다시,

수저 한벌이 더,
식탁 위에 놓이고

의자에 앉아요
수저를 집고,
천천히 들어요
입술마다 묻어나는
지금, 여기, 우리
마주 앉은 원주율들

* 2016년 2월 13일, 김잔디님과 김상혁님의 결혼을 축하하며 읽음.

순환론

세계 마라의 날은 없다
있다. 말하는 순간
세계 마라의 날이 제정되고
믿는 사람에게는 믿음이 된다
먹는 사람에게는 유행이 된다
믿지도 먹지도 않는 사람에게는
그런 날은 없고
말하는 것만으로는 혀가 얼얼해지지 않으며
얼얼해지는 것만으로는 맵다고 말하기 어렵다
세계 마라의 날은 생기고 말았다
세계 마라의 날은 있다
없다. 말하는 순간
세계 마라의 날이 폐지되고
믿는 사람에게는 배신이 된다
먹는 사람에게는 어리석음이 된다
믿지도 먹지도 않는 사람에게는
이미 말하였기 때문에
그런 날이 있었던 것이 되고
마라라는 것만으로 혀가 얼얼해지며

얼얼해지는 것만으로 맵다고 느낄 수 있다
세계 마라의 날은 사라지고 말았다고
말하는 순간
순간 마라는 사라지고
세계 마라의 날은 역사의 뒤안길로 향한다

완벽한 사랑 2

"한시간을 산책했는데도 강아지가 똥을 싸지 않았어"
라는 말에
"강아지가 똥을 언제 쌀지 어떻게 알아?"
라고 묻고

"열번을 불러도 고양이는 대꾸도 안 해"
라는 말에
"그럼 고양이는 자기 이름을 알긴 알아?"
라고 묻는

강아지를 키우는 사람에 대해 묻는
고양이를 키우는 사람과
고양이를 키우는 사람의 고양이에 대해 묻는
강아지를 키우는 사람은

사실 매번 그 질문을 하면서도
상대방의 답변이 그리 궁금하지는 않다

두 사람은 서로 싸웠다고는 믿지 않지만

서로 화해했다고는 믿고 있고
저녁 메뉴로 삼겹살과 닭갈비 사이에서 고민하지

"우리 강아지는 지금 졸고 있구나"
동거인으로부터 받은 사진을 보여주고
"우리 고양이는 지금 어딨는지 모르겠구나"
스마트폰으로 홈CCTV를 보여주며

한번도 만난 적 없는 강아지와 고양이가
기필코 화해를 해도
아직 사람과 닭이,
사람과 돼지가 화해하는 건
멀고 먼 얘기라서

오늘 선택한 삼겹살은 영롱하고
내일 선택한 닭갈비는 착하기에

우리는 몇번이고 살아날 수 있는 것이다
신이 내린 고귀한 세계

두 사람은 목적어도 없이
"내가 더 사랑해"라는 말을 주고받지만
"네가 더 잘못했어"라는 말도 주고받는데

난 T와 F 중에 F라서 동물을 사랑하고
넌 T인데도 동물을 사랑한다
가장 완벽한 방식으로

커뮤니케이션의 이해

1. ◒

합정역의 그는 이태원 쪽으로 머리를 두고 엎드립니다
당산역의 그는 선유도 쪽으로 머리를 두고 눕습니다
우리들은 서로 사랑하지만 6호선과 9호선은 좀처럼 만날 줄을 모르고,

2. 96.9MHz

지하철에서 내 등, 다른 이의 핸드폰이 닿는 순간
나는 잠시 방송국이 됩니다
검열이 필요한 이야기들은 송출이 금지되고,
이어폰은 매우 유용한 발명품입니다, 간격이란 것이 존재하는 한,

3. 서울 구 6996

거기 저랑 이야기 좀 합시다
앞차의 운전자와 대화를 시작하기 위해서는
내 차 표지판을 앞차의 표지판에 갖다 대어야 하고,
규정 속도는 가장 어기기 쉬운 약속입니다
언어보다 필요한 것들이 더욱 많아서
우리는 일단 서로의 눈부터 바라봅니다
'개'가 자주 호출됩니다

4. 요크셔테리어

제 강아지가 다니는 동물병원의 이름은
'고양이는 멍멍, 강아지는 야옹야옹'입니다, 어휴,

5. 惡句

우리가 이야기하는 방식은 서로 소통해야 할 것은 이것이
다 하는 것을 정신을 차리고 대화하다보면 우리의 집중력을
분산시키는 걸 해낼 수 있다는 마음을 가지셔야 될 거라고
생각합니다

유희왕 2

바로크빌에 살고 있는 사람들은
베토벤에 대해 얼마나 알고 있을까?
이층에 사는 사람보다 삼층에 사는 사람이 더 잘 알까?
아마도 그렇지 않을 것이다
베토벤은 로코코 시대의 작곡가니까

베토벤이라고 하면 배트맨이 자꾸 생각나고
로코코라고 하면 닭이 우짖을 것만 같다
한국에서는 꼬꼬댁이라고 울고
영국에서는 코커두들두, 프랑스에서는 코케리코라고 우
는 닭
배트맨은 어떻게 울까?
엉엉엉? 쾅쾅, 우럭따리 우럭따

나는 남성빌에 살고 우리 집 옆 빌라는 우성빌
여성빌과 열성빌은 단 한번도 본 적이 없는데
어차피 남성빌에 다 남자만 사는 건 아니고
우성빌에 사는 사람이 다 정우성인 건 아니니까
김포공항도 서울에 있다면서요?

태정태세문단세
붉은노을이문세
이생망이망소이
나중에 제가 대통령이 된다면
제 묘호를 망조라고 붙여주세요

베토벤이라고 하면 배트맨이 생각나고
배트맨이라고 하면 베트남이 생각나지
베트남에서는 닭이 어떻게 울까
꼬꼬댁 코커두들두 코케리코
코피노 라이따이한

번잡들

꾸민 말들은 마치 꿈인 것처럼
안 꾸민 말들은 꿈 아닌 것처럼
귀에다 대고 말한 비밀은
말했으니 더이상 비밀이 아니고
귀밑에 오롯이 붙어 있어요
비밀은 잘못 보면
귀밑처럼, 네 밑바닥처럼
모르는 것들이 빽빽이 차 있는……
수상한 수사들

밥에 물을 조금 말고
씻은 김치만 조금 꺼내어 먹는 날들
밥에 물을 마는 것인지
물에 밥을 마는 것인지
그 차이에 대해 말하는 사람들과는
점점 말을 섞지 않게 되고
말을 섞는 것은 잘못 들으면
말을 쌓는 것들, 말을 썩는 것들
말을, 말을,

아니, 말이……

어제는 집에 들어오자마자
무척 일찍 잠들었지 뭐야,
이 썩은 말들이 마치 꿈인 것처럼
꿈이 마치 썩은 귀밑인 것처럼
꿈이…… 꿈이……
마치 마친 것처럼
그런 건 아니야?
노트북을 켜고 로그인을 하면
밀려오는 소문들,
오늘은 아무런 꿈도 없이 잠들겠습니다

잉여들

좌회전 차선에서 좌회전 깜빡이를 켰다가
다시 끈다,
아, 증명해야 할 것들이 너무 많아

애인이랑 떡볶이를 먹으러 갔는데, 해물떡볶이와 치즈떡
볶이가 있더라고. 애인이 대뜸 사장님께 "해물떡볶이랑 치
즈떡볶이는 뭐가 달라요?" 묻는 거야. 아, 부끄러워서, 원. 해
물떡볶이는 해물이 들어가고, 치즈떡볶이는 치즈가 들어가
는 거겠지. 내 오른발로 그의 왼발을 툭 차는데, "해물떡볶
이는 오징어가 들어간 거예요" 응? 고작 오징어가 들어갔다
고 해물떡볶이?

　식사하셨냐는 말에
　식사하셨냐고 말하는 사람들
　인사를 인사에게
　질문을 질문에게
　대답은 대답에게?

　술을 사는 사람들은 술로 보호받고

입술을 파는 사람들은 입술로 보호받지 못하지
그때 술은 얼마나 마셨죠?
이 일은 얼마나 했어요?
피의자랑은 원래 알고 지내는 사이인가요?

오징어뿐이 아니라 홍합이랑 새우도 들어갔구나. 참치김
밥에는 참치만 들어간 것이 아니고, 제육볶음은 양파랑 당근
도 함께 볶았지. 질문에는 질문만 들어간 것이 아니고, 좌회
전 차선에는 좌회전할 차만 들어간 것도 아니지. 아이고 매
워, 여기 생수 한잔만 주세요. 물에 뭐 탄 거 아니죠? "손님,
저희 집 물에는 수소 원자 둘이랑 산소 원자 하나를 탔지요."

아, 사람들이 너무 많아
사람들 사이에 사람 같은 걸 끼었나?

하여튼 여하튼

스템플러라 불러도
혹은 호치키스라 불러도
스테이플러는 울지 않는다
그러나
스템플러라 부르든 호치키스라 부르든
스테이플러는
대답하지도 않는다

나는 매번
스트라이프와 스프라이트를 혼동했다
그래서 종종
스프라이트 무늬 옷을 입고 스트라이프를 마셨지
아니 그렇다고 해서
스프라이트 무늬 옷을 입고 스트라이프를 마신 건 아니지
아무래도 좋았다

출판사 직원 J는
하루 종일 틀린 맞춤법을 교정했다네
그렇다고 입맞춤 같은 걸 잘하게 된 것은 아니라

휴일만 되면
모든 맞춤법을 어기기 시작했지
그렇다고 입맞춤 같은 걸 잘하게 된 것은 아니지만

나와 J는 원탁에 앉아
근무 시간 내내 서류를 지철(紙綴)했다
오늘 스프라이트 무늬를 입으셨네요
내가 말하자
J는
그러게
라고 말하여 스트라이프를 한모금 들이켰다
촉촉해진 입술을 오래 바라본다고
입 맞추게 되는 것은

아니었다
스트라이크
그저 입술을 잎술이라 적고 싶을 뿐이었다
울고 싶지도 대답하고 싶지도 않았다

짜빠구리

마지막으로 안고 누워 있다 일어나 우린
라면이나 먹고 가라 그랬지 나는
질척거리는 국물 같은 건 이제 필요 없어서
팬티만 입고 앉아 우린
짜빠게티도 너구리도 아닌 것을 먹지
아직 덜 탄 것도 다 탄 것도 아니라서
숯불처럼 마주 앉아 우린
소주와 맥주를 일 대 삼 비율로 섞지
          난 원래 쏘맥 안 먹는데
원래, 원래라는 것은 없다고 말해주었지
쏘맥, 쏘맥은 원샷 하기도 좀 그래서 우린
어정쩡하게 눈도 못 마주치고
서로의 덜 차 있는 잔만 바라보지 우린
          난 원래 빠구리가 생선 이름인 줄 알았는데
박수를 치며 웃다가 너는 금세
무릎도 가슴도 아닌 데다 얼굴을 묻고
훌쩍거리기 시작했지 나는
원래, 원래라는 것은 없다고 말해주었지
이것도 저것도 아닌 정서가

짜빠구리 위로 떨어졌지
아무도 움직이지 않았는데
점점 굳어가는 면발처럼 우린
움직였지, 움직이지 않았지
　　　　나 원래 질질 짜는 사람 아닌데
원래, 원래라는 것은 없다고 말해주었지
처음도 마지막도 아니니깐 우린
대충 기억될 것이지
장갑을 낀 네 손을 잡고 역까지 바래다주며 나는
이것은 네 손도 네 손이 아닌 것도
아니라 생각했지 이제
우린 원래 자리로 돌아가는 것이냐는 물음에
원래, 원래라는 것은 없다고 말해주었지

스스로 그 무엇도 할 수 없을 때

— 점심에는 열개이고 저녁에는 열두개인 게 뭐게?
수수께끼는 답을 모를 때 수수께끼일 텐데
이미 나온 모둠초밥을 바라보며 그는 묻는다
그 어떤 대답도 만족스럽지 못할 때
나는 대답 대신 계란초밥 둘을 맞은편의 그에게 넘기고
그는 보답으로 새우초밥 둘을 나에게 넘긴다
아무래도 알레르기는 적응되지 않는다
반복은 아무 일도 해주지 않는다
와사비는 조금만 넣어달라는 말을 자꾸만 까먹을 때
쓰고 아릿한 것은 예고도 없이 오고
이미 이것은 열번이고 열두번이고 겪은 일이라지만
수수께끼는 답이 있을 때 수수께끼라지만
— 이거 다 먹으면 우리 헤어지는 거다?
— 무슨 그런 얘기를 초밥집 런치 먹으면서 해?
어떤 수수께끼에는 아무래도 답이 없고
나는 서비스로 나올 튀김을 기다린다
열이면 족한 우리의 셈법은
서비스처럼 십이진법도 고안해냈지만
그중에 둘은 알레르기 같은 것이라

남기거나 혹은 넘기거나였는데
열이건 열둘이건 한바퀴를 돌고 나면
없음이 꼬리표처럼 달라붙고
스스로는 그 무엇도 할 수 없어지지만
열한번이고 열세번이고는 아무래도 오지 않아서
매번 처음 아닌
처음이 되어버리고 마는 것이다

순환론 2

코뿔소 미용실 옆에 코뿔소 식당, 코뿔소 식당 옆에 코뿔소 안경점, 코뿔소 안경점 옆에 코뿔소 서점, 코뿔소 서점 옆에 코뿔소 이비인후과, 코뿔소 이비인후과 옆에는 아직 아무것도 없다. 코뿔소 이비인후과에서 감기 치료받는 코뿔소는 공무원을 준비하는 코뿔소, 코뿔소 서점에서 책 고르는 코뿔소는 안경을 끼지 않은 코뿔소, 코뿔소 안경점에서 시력 측정하는 코뿔소는 아직 끼니를 챙기지 않은 코뿔소, 코뿔소 식당에서 돌솥비빔밥을 기다리는 코뿔소는 며칠 전에 이미 머리를 한 코뿔소, 그래서 코뿔소 미용실에는 손님이 없다.

코뿔소 미용실의 염색에는 코뿔 50g, 코뿔소 식당의 돌솥비빔밥은 코뿔 10g, 코뿔소 안경점의 2회 압축 렌즈는 코뿔 20g, 코뿔소 서점에서는 이제 그 누구도 책을 읽지 않고, 코뿔소 이비인후과에서 코뿔은 감기의 옛말입니다. 코뿔은 이제 모두 닳고 닳아 코뿔을 길러야 한다, 코뿔소 코뿔.

징검다리를 건너는 코뿔소와 징검다리를 건널 뻔했던 코뿔소와 징검다리를 막고 있는 코뿔소와 징검다리를 만든 코

뿔소입니다. 애시그레이 머리의 코뿔소, 입술에 고추장이
묻은 코뿔소, 자외선 차단 안경을 낀 코뿔소, 공무원 국어 교
재를 펼쳐든 코뿔소, 감기약 때문에 졸린 코뿔소는 모두 하
나의 코뿔소입니다. 이제 코가 없는, 코가 있던 코뿔소는 징
검다리를 이미 건넌 코뿔소, 건너지 못한 코뿔소, 길을 비켜
준 코뿔소,가 다시 징검다리를 무너뜨립니다, 가열차게!

　징검다리를 건너지 못하는 코뿔소는 미용실을 가지 못하
는 코뿔소, 식당을 가지 못하는 코뿔소, 안경점을 들르지 못
하는 코뿔소, 서점은 원래 잘 가지 않습니다, 감기는 다 나아
서 다행인 코뿔소는 이제 징검다리를 건너지 못하는 코뿔소,
징검다리를 건너지 못하는 동안 코뿔은 다시 자란다, 코뿔
이 없더라도 코뿔소는 코뿔소, 코뿔이 자라는 동안에도 코
뿔소는 코뿔소, 코뿔이 다 자라났다는 것은 뭔지 잘 모릅니
다, 코뿔, 코뿔소, 단 한마리의 코뿔소가 다시 징검다리를 만
듭니다, 코뿔소를 기다리는 코뿔소 미용실과 코뿔소 식당과
코뿔소 안경점과 코뿔소 서점과 코뿔소 이비인후과에서 코
뿔소를 기다리는 코뿔소가 징검다리에 앉아 있다, 서 있다,
엎드려 있다, 단 하나뿐인 코뿔소가 코뿔소를 막고 있다면,

조금은 민망할 수도 있어

땅콩이었네

늦게 도착해서 미안하다며

그가 주머니를 뒤져 꺼낸 건

볶은 땅콩이었네

여덟알이었네

손 위에 흩어지는 부스러기가 미안해

입김을 불어주었네

날리는 땅콩 껍질이

까끌한 모직 코트에 다 묻었네

다시 한번

입김을 불어주었네

땅콩 껍질은 날려가지 않고

서로 웃기만 했네

털어내기도 그대로 두기도 애매해

하나둘 떼어내기만 했네

먹기도 주머니에 넣기도 애매해

손에 그저 쥐고 있었네

땅콩이었네

초겨울이었네

게스트

"네 목소리는 너무 작아"
라기에
"다른 소리들이 너무 큰 거야"
라고 답했다

그러자 그는 숲으로 가자고 했다, 조용한
그런 사람이었다

며칠 뒤 그는 숲에서 나갔고
나는
숲에 좀더 남아 있기로 했다

이 시의 규칙
기호와 코드의 변용으로 잘못 읽기

선우은실

「고양이 게스트하우스 한국어」를 이해하기 위한 스트룹 과제의 적용

스트룹 검사(Stroop task)는 색깔을 지칭하는 단어가 적혀 있는 글자의 색상에 대한 응답을 요청하는 심리 검사이다. 이 과제에서 피실험자는 빨강, 초록, 보라 등 색상을 지시하는 단어를 제시받는다. 단어가 지시하는 바를 그대로 읽는 경우나 단어가 지시하는 것과 글자의 색상이 동일한 경우 비교적 신속하게 응답이 이루어지는 반면, 단어가 지시하는 바와 글자의 색이 다를 때에는 응답이 지연되며 오답의 확률도 증가한다. 이때 단어의 의미와 색이 일치하지 않는 부조화 자극에서 '글자의 색깔'에 대해 응답하기 위한 반응 처리 속도가 지연되는 현상을 '스트룹 효과'라고 한다.

147

스트룹 효과를 통해 알 수 있는 궁극적 사실은 단어라는 표상과 의미를 담당하는 추상적인 관념 체계가 즉각적이고도 밀도 있게 결합되어 있다는 것이다. 주어진 과제가 '글자의 색깔'을 말하는 것이라 할지라도 파란색으로 적힌 빨강이라는 글자를 보는 순간 인간의 인지 체계는 '빨강'이라는 문자의 형상적 특징보다도 빨강의 개념적 의미로 직결하여 사고한다. 인간이 보이는 것 그대로를 처리하는 것보다 학습된 관념에 더 빨리 반응한다는 것은 매우 흥미로운 사실이다. 이러한 현상은 시 읽기에도 마찬가지로 적용될 수 있다. 우리가 읽는 글(문장)은 어떠한 종류이든 내용이 지시하는 것과 동일한 형상을 지니고 있지 않다. 실제로 우리가 보고 있는 것은 음운의 조합으로 이루어진 단어와 일정한 문법적 규범에 따라 조합된 단어 들의 나열이다. 그러나 그것은 문자 형태 그 자체가 아니라 '그 문장의 내용이 의미하는 바'로 받아들여진다.

구조주의적으로 볼 때 스트룹 효과는 인간의 사고와 의식 체계에 대해 몇가지 깨달음을 준다.

1. 인간의 언어는 그저 기표와 기의의 단순한 결합으로 이루어진 것이 아니다. 기표와 기의의 신속한 결합의 결과, 그 결합의 과정을 낱낱이 인지하지 않은 채로도 하나의 의미를 발생시키고 그것에 반응한다. 이것을 인간이 언어라는 기호를 통해 세계의 규칙과 규범을 재생산하고 하나의 삶의 규범으로 받아들인다는 내용으로 확장하여 적용해보자. 언

어 기호가 의미를 얻는다는 것은 단순히 기의와 기표의 결합이 아니라 그 결합이 어떠한 지연도 허하지 않을 만큼 두 체계가 곧바로 직결되어 있음을 의미한다. 세계의 이데올로기로서 당연하게 (혹은 직관적으로) 받아들여지는 것은 이러한 기호 규칙이 얼마나 제동 없이 수행되고 있는지를 보여준다.

2. 글자의 색깔에 응답하라는 과제를 인지한 상태에서 파란 글씨로 쓰여 있는 '빨강'을 보고 순간적으로 빨강이라는 단어를 떠올렸음에도 약간의 시간을 들여 본래 과제의 목적을 상기하여 '파랑'이라고 응답하는 것이 불가능하지 않다는 사실에 주목해보자. 이는 기표(글자의 색깔)와 기의(글자의 의미)를 목적(글자의 색을 말하라는 과제 조건)에 따라 각각 분리하여 그것을 새로운 방식(조합)으로 재조립함으로써 언어를 (재)기호화하는 것과 유사하다. 즉, 새로운 규칙에 기반한 언어 사고의 과정은 한번도 경험해본 적 없는 완전히 새로운 방식으로 수행되는 것이 아니다. 그것은 이미 있었던 기호 체계에 기대어 그 언어 체계를 해체/분해/재조립하는 방식으로 구조화된다.

인간의 언어 체계는 사고 작용과 무관하지 않으며 그로 인해 만들어진 어떤 종류의 문명, 문화, 예술도 기존에 있었던 인간의 의식 체계에서 벗어나지 않는다. 어떤 종류의 창조성으로 발현되는 인간의 문화 양식의 면면들은 새롭게 창조되는 것이 아니라 이미 인간이 지닌 인식론적 체계에 근

거하여 발현된다. 인간이 만들어내는 것은 인간이 무엇을
볼 수 있는지를 드러낸 결괏값이다. 이것이 구조주의가 세
계를 이해하는 궁극적인 메시지라 할 때 결국 인간이 만들
어내는 것은 하등 새로운 것일 수 없다는 데 좌절하거나 그
것을 한계 삼을 필요는 없다. 그보다는 그러한 구조를 낱낱
이 해체하고 재조립하여 기존 규칙의 당연함이 얼마나 낯
설게 다가올 수 있는지에 주목해야 한다. 이에 기초적 규칙
에 근거한 변주와 다양성의 문제로 접근하기로 하자. 인간
은 무엇인가를 '자연스럽게' '당연하게' 여길 때에는 그것
을 그렇게 여긴다는 의심조차 하지 않는다. 그러나, 이를테
면 "지금 여러분은 숨을 들이쉬고 내뱉고 있다"는 이 문장
을 본 뒤로부터 숨 쉬는 것이 다소 부자연스럽게 의식되는
것과 같이, 당연하다고 여기는 것을 하고 있음을 지적하는
것만으로 그 감각은 낯설어진다. 조금의 의심도 없이 유지
되던 일상적 감각은 잠깐의 이질감만으로도 당연/보편/일
반의 규범적 인식에 균열의 가능성을 연다.

보편 언어 기호에서 시적 언어 규범으로의 재구조화

스트룹 효과나 구조주의에 대해 다소 많은 지면을 할애한
까닭은 이 시집에 수록된 상당수의 시편이 이러한 구조주의
적 언어 규범에 입각하여 그것을 변이시키기 때문이다. 언

어 자체가 지닌 구조주의적 결합의 의미 생산 과정을 가장 효과적으로 활용할 수 있는 예술 장르는 시이다. 시는 일상의 언어 체계에 기대어 어떤 단어/언어를 사용하되 한편의 시 안에서만 유효한 구체적인 시적 맥락에서 그 언어를 변용한다. 표제시 「고양이 게스트하우스 한국어」를 보면서 이야기를 이어가기로 한다.

고양이가 살고 있는 게스트하우스 이름은 한국어고요,/Cat이 살고 있는 게스트하우스 이름은 영어고요,/ねこ가 살고 있는 게스트하우스 이름은 일본어라지만,/고양이네 동네에서도 ねこ네 동네에서도/게스트하우스를 손님집이라고/きゃくいえ라고 하지 않아요/게스트하우스는 게스트하우스/(…)/고양이는 한국어 안에서만 고양이/Cat은 영어 안에서만 Cat/ねこ는 일본어 안에서만 ねこ/(…)/고양이가 고양이가 아닐 때, Cat이 Cat이 아닐 때, ねこ가 ねこ가 아닐 때,/갑자기 게스트하우스가 방문한 거죠/갑자기 호스트들이 방문합니다/게스트하우스의 주인은 호스트/하지만 고양이들은 주인을 주인이라 부를 줄 몰라요/Cat들도 Host를 Host라 부를 줄 몰라요/ねこ들도 しゅじん을 しゅじん이라 부를 줄 몰라요/부를 줄 모르고 호스트인 줄도 몰라요/(…)/게스트는 게스트인 줄 모르고/호스트만 호스트인 줄 알던 게스트하우스/ねこ 게스트하우스 にほんご/Cat 게스트하우

스 English / 고양이 게스트하우스 한국어
　　　　　　—「고양이 게스트하우스 한국어」 부분

　이 시를 읽고 즐거워하면서도 시가 말하고자 하는 바를
쉬이 짐작하기 어려워 당황한 독자가 있을까? 그렇다면 이
시를 내용에 대한 이해가 아니라 권창섭의 시 세계를 구축
하는 언어 문법을 대표하는 작품으로 읽는 것이 도움이 될
것이다. 이 시는 하나의 관념적 개념을 지칭하는 기표로서
의 언어를 여러개 나열하고 각각을 교차하는 방식으로 쓰
여 있다. 이 시에서 고양이, 게스트하우스, 주인이라는 각
각의 관념에 대해 고양이 / Cat / ねこ, 게스트하우스 / Guest
House / きゃくいえ, 주인 / Host / しゅじん이라는 한국어 /
영어 / 일본어가 교차 편집돼 있다. 각기 다른 모양을 한 세
언어는 모두 하나의 기의를 지시하고 있기 때문에 설령 외
국어를 읽지 못한다 해도 시를 읽는 데 실패하지는 않는다.
　단어를 읽지 못하는데도 시를 제대로 읽을 수 있는 까닭
은 무엇인가? 이는 이 시가 기의의 동일성에 기초하되(고양
이 / 게스트하우스 / 주인) 기표를 불일치시킴으로써(한국
어 / 영어 / 일어) 이 시에 통용된 언어 규칙을 새롭게 제안하
고 있기 때문이다. 이 시에서 사실상 보편적 언어 기능을 하
는 것은 고양이, 게스트하우스, 주인이다. 각각에 대한 다른
언어 표기를 정확하게 모르는 채로도 이 시를 읽을 수 있다
면 그것은 한국어로 표기된 언어에서 그 맥락을 짐작할 수

있기 때문이다. 이 시에서 제안하고 있는 언어 규칙은 '한 국어 표기를 시 세계의 전반적인 원리적 기호로 갈음해서 읽기'이다. 그리하여 Cat이나 ねこ는 문자 자체로 받아들여 지는 것이 아니라 보편 언어 규범(한국어 '고양이')의 변이 된 형태로서 '이 시에서 통용되는 고양이의 다른 표현'으로 읽힌다.

이렇듯 한국어 표기 '고양이'에 기대어 읽히는 이 시에서 또 한가지 주목해야 할 것은 영어와 일본어로 표기된 '고양 이'라는 뜻의 단어가 한국어 표기와 완전하게 겹쳐지지는 않는다는 것이다. 요컨대 한국어 '고양이'의 문자적/관념적 표상에 기대어 읽히고 그 개념적 감각을 공유함으로써 이 시 가 독해됨에도 고양이-게스트하우스-주인/Cat-Guest House-Host/ねこ-きゃくいえ-しゅじん은 각각의 언어 로 병렬될 수 있을지언정 고양이-きゃくいえ-Host와 같 은 방식으로 간섭되지는 않는다. 이는 이 시 세계에서 구체 화한 언어 변이의 규칙에 부연되는 또다른 룰이다.

이러한 형식의 규칙은 시의 내용으로 이미 언급된 바 있 다. "고양이는 한국어 안에서만 고양이/Cat은 영어 안에서 만 Cat/ねこ는 일본어 안에서만 ねこ"라는 것이다. 이는 어 떤 언어가 하나의 의미를 얻기 위해서는 비슷한 것이나 유 사한 것 사이에 아무렇게나 놓여서는 안 되고 구체적인 맥 락 안에서 구체적 관계성을 지녀야 함을 의미한다. 이는 시 에서 나타나는 고양이-주인/게스트-호스트의 관계로 확

인할 수 있다. 언뜻 고양이는 게스트하우스라는 공간 규칙 위에서 게스트처럼 보인다. 그러나 '주인'이라 불리는 사람과의 관계 안에서 고양이는 자신이 게스트하우스에 얹혀살지언정 스스로 게스트라고 여기지 않는다. (그렇다고 자신을 호스트로 여기는 것도 아니다.) '게스트하우스'라는 공간 아래서 통용되는 게스트/호스트라는 관계 규칙은 '고양이–주인'이라는 맥락 안에서는 적용되지 않는다. 이는 한 명의 주인과 고양이가 실제적으로 관계 맺음으로써 차지하는 서로의 위치(와 그에 대한 호명의 방식)가 각각 게스트하우스 내부 구성원에 대한 언어 지시성에 정확하게 부합하지 않기 때문이다. 이에 고양이와 일대일 대응하는 한 사람의 주인이라는 구체적 관계성에 근거하여, "고양이"는 '게스트하우스'의 체계에서 벗어난 의미축을 확보한다. 요컨대 고양이–게스트하우스–한국어라는 언어 기호가 각각의 외국어 표기에 독해 맥락을 부여하되, 각각의 언어 체계 안에서 그것들이 서로를 잇는 관계성을 띨 때에만 의미가 조응한다는 복잡하고도 단순한 사실이 이 시에는 깔려 있다. 이러한 시 작법은 그야말로 내용과 형식의 분리 불가능한 연결점을 드러낸다는 점에서 지극히 언어구조적이다.

구체적 맥락과 사회성

살펴보았듯이 일상어로서의 언어 기호는 그 자신의 보편적 관념에 기대어 시 언어의 재기호화에 기여하며, 이때 재구조화된 언어 기호 간의 관계는 보편적이고 절대적인 규칙으로 자리매김하지 않고 구체적이고도 상호 대응되는 맥락 안에서야 유효하다. 이때 구체적 맥락은 어떻게 얻어지는가.

가령 그런 것들/노을을 더 구체적으로 아름답게 만드는 것은/구름/구름을 더 구체적으로 움직이게 만드는 것은 바람/바람을 더 구체적으로 실패하게 만드는 것은/기대가 있고 우리에게는/기대하는 것과 기대되는 것들이 있어/우리는 구체적이 된다// 가령 지구의 내부가 구체적이라는 것은/지진으로 표현되고/우리의 삶이 구체적이라는 것은/가령 토순이를 챙긴다거나/외장하드를 챙기는 것에서,/그 순간에도 발송되어 오는 대출업체 문자 같은 것에서/표면화된다, 모네의 그림들처럼// 그 순간에 나는 무슨 시를 써야겠다거나/혹은 밀린 마감에 대해 생각하고,/불통이 된 카카오톡 대신에 텔레그램에 대해 생각한다거나/앞으로 기대되는 삶에 대해 생각한다// 기대는 지진 같은 것으로/구체적으로 실패하고/지진을 구체적으로 완성하는 것은/가령 그런 것들/5.8과 같은 숫자들이라든가, 역대 최대급이라는,/핵발전소는

안전하다는 보도들 / 마치 팝아트 작품들처럼 / 튀어나오
는 구체성

— 「구체적인 삶」 전문

　권창섭 시의 구체성은 지극히 현실적인 것에 기인한다.
여기서의 '현실적인 것'이란 크게 일상의 사물이라는 의미
와 사회 현실의 반영이라는 의미로 양분된다. 우선 첫번째
의미에 기초하여 시에서 정의하는 구체성을 보자. "노을"
"구름" "바람"이 각각 더 구체적인 의미를 얻게 되려면 단순
히 그 자체의 정의만으로는 부족하다. 구체성은 언어가 지
시하는 사물 자체를 조금도 틀림없이 설명하기 위해 소용되
는 것이 아니다. 언어의 의미는 언제나 그 자신을 설명하기
위한 구체적인 대상이 나란히 놓일 때 얻어진다. 이를테면
"노을"이라는 언어 개념의 구체성은 "노을"이 아닌 것(이
시에서는 "구름")과 일종의 관계성을 지녀야 한다. 그리고
그 '아닌 것'은 단순히 "노을"의 절대적 의미를 뒷받침하는
것이 아니라 "노을을 더 구체적으로 아름답게 만드는 것"이
라는 상세한 맥락을 부여한다.
　시에서 하나의 일상 언어가 재기호화될 때 물적 구체성
을 일부러 소거하고 관념적 구체성을 강조하는 경우가 적
지 않다. 그러나 권창섭의 시에서는 오히려 하나의 관념적
의미를 설명하기 위해 구체적 사물의 성질을 가져온다. 이
러한 사물적 구체성은 생활의 감각을 강력하게 끌어당긴

다.* 즉, 하나의 현상이 추상으로 향하지 않고 지금 이곳의

* 이러한 특징은 「화곡(禾谷)」에서도 발견된다. "좀 불쾌한 일"로
드러나는 누군가와의 대화로 구성된 이 시에서 궁극적으로 묻고
자 하는 것은 "여전히, 매우,/당신은 어디를 살고 있나요"라는 질
문으로 압축되어 드러난다. 두 사람이 식사 메뉴를 정하는 시의
흐름에서 대화의 상대는 계속해서 해당 음식과 관련된 지역과 그
곳의 역사성을 환기한다. 화곡이 "볏골"이었기 때문에 "쌀이 맛
있었대"라든지, 베트남 쌀국수를 먹으면서 "베트남은 전쟁에서
미국을 이긴 유일한 나라"라고 말하는 것이 그렇다. 같은 소재에
대해 이야기하는 것 같지만 실상은 그저 같은 '단어'를 공유하고
있다는 것뿐이지 그것을 주제적으로 공유하는 것은 아니다. 즉,
동시적 상황에 놓여 있는 두 사람이 지금 이곳을 이해하는 방식
은 서로 동의되지 않으며 이로써 불편한 분위기를 드리운다. 기
묘하게 어긋나는 이 분위기가 중요하다. 시의 초반에 형성된 이
러한 뉘앙스는 후반부로 넘어가면서 같은 단어를 두고 다르게 설
명하는 것으로 구체화된다. "하우스메이트란 말과 가족이란 말
사이에서 갈등"한다는 것이 그 예이다. '하우스메이트'와 '가족'
은 한 가정을 이룬다는 점에서는 동일한 개념을 지시하는 것처럼
보이며 그 둘을 구분하는 것의 필요나 정확성이 다소 불필요하고
불분명하게 보이기도 한다. 그러나 유사해 보이는 이 두 단어가
지닌 뉘앙스가 분명 다르다는 것을 이해하기는 어렵지 않다. 이
두 단어의 묘한 뉘앙스가 "누군가를 집에 데려오지 않기로 약속
을 하는 사람을/집에 데려와 사는 것"이라는 설명을 통해 다시
금 전면화될 때, 이제 하우스메이트 혹은 가족으로서 함께 사는
것으로 구체성을 얻은 어떤 행위는 같이 밥을 먹었던 불쾌한 사
람과의 대화를 아우르며 '이 세계에서 누군가와 배반되는 약속
을 하면서 함께 살아간다는 것'으로 확장된다. 요컨대 하나의 구
체적 사물에 '지금 여기'라는 현실 감각을 투영하여 '밥 먹기'라
는 하나의 사소한 행위를 '삶을 이해하기'로 환유한다.

구체적인 사회적 사건과 삶의 문제들을 연결하는 방식으로
드러난다. 한 예로 "기대하는 것과 기대되는 것"이라는 문
장을 보라. 이 문장은 발화자가 스스로 하는 능동형과 발화
자가 타인에 의해 그런 행동을 하게 되는 피동형 동사로 이
루어진다. 이 문장은 '구체성 얻기'라는 행위 원리와 관련된
다. 삶의 구체성이란 자신이 선택적으로 구성해가고자 하
는 것과 타인에 의해 (감지)하게 되는 것으로 드러난다. "토
순이"를 챙기거나 "외장하드"를 챙기는 것은 자신이 스스로
지키고자 하는 것을 선택한 결괏값이라는 점에서 자기주체
성과 자기 삶의 구성 요소를 생각하게끔 하는 행위이다. 한
편 자기 의지와 상관없이 받게 되는 "대출업체 문자"를 통
해 구체적 사회의 모습이 전면화된다. "대출업체 문자"는
돈에 의해 많은 것이 좌지우지되는 삶을 떠오르게 한다. '삶
의 최소 조건으로서의 돈'이라고 하는 자본주의의 유일무
이한 규칙 속에서 돈에 저당 잡히는 삶은 하나의 상품이 되
어 사고팔린다. 실제 생활에서 너무나 일상적인 것이 되어
버린 대출 스팸 문자는 이 시에서 '지금 여기 자본주의 사회
에서 이런 식으로 살아 있다'는 사실을 이질적으로 감각하
게 한다.

　'인간이 삶을 산다'는 관념에서 '생활'이라는 구체적인
현실로 넘어온 물적 구체성은 더 세밀한 사회 현상을 지시
하는 것으로 향한다. 시를 쓰면서도 시의 숭고함이나 고차
원적인 문학성에 대해 생각하기보다 일단 마감을 해야 '시'

라고 하는 것이 발표된다는 지극히 생활적인 감각을 거쳐 "텔레그램"과 지진 규모에 따른 "핵발전소는 안전"하다는 뉴스를 통해 삶의 구체적 단면이 떠오른다. 시에서는 딱 한 단어로만 요약되어 등장하는 "텔레그램"과 지진의 규모 및 "핵발전소는 안전"하다는 방식으로 얻는 삶-생활의 모습은 최근 한국 사회에서 일어났던 일들을 상기시킨다. "텔레그램"은 그저 메신저가 아니라 전국민을 충격에 빠뜨린 디지털 성범죄의 온상 N번방을 떠오르게 하는 단어이다. 또 시 속에서 언급되는 5.8도 규모의 지진과 "핵발전소"의 안전성과 직결되는 현실적 사고는 2017년 포항 등 경북 지역에서 발생한 5도 이상 규모의 지진 피해와 그에 따른 부산 신고리 원전의 불안정성에 대한 우려를 떠오르게 한다. 이 두 현실적 사건은 삶을 경외하기 위함이 아니라 살아 있음의 지속으로서 생존을 문제 삼는다. 시의 언어라는 것은 바로 이런 점에서 힘을 가진다. 권창섭의 시는 일상적인 것을 아름답게 말하는 것에만 가치를 두지 않는다. 대신 현실의 언어 기호를 재구조화한 시적 언어의 변이된 규칙 위에서 변주된 의미를 얻은 단어를 통해 구체적 현실의 시간과 상황을 펼쳐 보인다. 이는 말의 구조에 대한 정확하고도 기초적인 언어학적 관점 위에서 쌓아올려질 수 있다. 단단한 기초 위에서 탁월한 변용이 가능한 법이기에.

규칙의 변용이라는 코드 위에서 잘못 읽기

표제시에서 보여주는 기호 변이의 원리는 다른 시편에서
도 다양한 방식으로 드러난다. 먼저 한국어로 발음할 때 다
의적으로 해석되는 외국어를 동음이의어의 개념으로 접근
하여 서로 다른 의미 체계의 연결을 꾀하는 경우("와이, 와
이파이 비밀번호는 기껏해야 1에서 시작하여 9로 가거나
0에서 시작하여 9로 갈까요, (…) // 와이, 와이셔츠는 티셔츠
보다 단정합니다", 「Why-FI」)가 있다. 또는 발음 유사성에
기초하여 '잘못 듣기' 하여 의미를 확장하거나("내 꿈속 망
아지 이름은 뚜세 / (…) / 뚜세가 뛰기 시작할 때 나는 말하
지, "뚜세, 파이팅!" // 내 잠꼬대 속 '뚜세, 파이팅!'을 / '하나
둘셋 파이팅'으로 들었다는 당신에게 // (…) // 내 잠꼬대 속
'사랑해요!'를 / '살아야 해요!'로 들었다는 당신에게", 「뚜
세 러브」), '(잘못) 띄어 읽기' 하여 의미를 분절시키는 경우
("arrival, / 모든 것에는 어라이벌이 있다 / (…) / 오늘과 여기
는 어라이벌이 되지 못하고 / 살아남지 못했다 / (…) // 나는
슬기롭지 못해서 / 어라이벌이 되지 못한다 / 내일의 나도 덜
슬기로와서 / 오늘의 나와 a rival", 「적자, 생존이라고」)도 있
다. 관용 표현에 사용되는 하나의 단어를 그와 관계성을 지
닌 다른 단어로 교체하여 언어 기호에 새로운 의미를 부여
하는("아니, 세상에 달 일이 다 있다고 // 처음 난 것도 아니
고 / 보른 것도 아니고 그믄 것도 아닐 때, / 아니, 하다못해

딱 반이지도 못할 때,/딱 이 정도에는 이름도 안 붙여서 나는 그냥/아니, 세상에 달 일이 다 있다고", 「달 사람 일」) 경우도 있다.

앞서 설명한 기호로서의 언어(규범)와 시 언어의 변이 규칙에 기초한 변형은 이렇듯 여러 형태로 변주된다. 그중 「매생이 전복죽」의 언어 변형은 좀더 복합적 양상을 띤다.

섭아, 섭아, 죽이라도 한술 좀 뜨거라, 엄마나 뜨세요, 엄마, 근데 이건 죽이 아니라 죽음인걸요, 섭아, 아들아, 주저하지 마라, 망설이지 마라, 우린 어차피 다 죽으려고 먹는단다, 먹으면서 죽는단다, 잘 먹는 게 다 복이란다, 하지만 엄마, 이건 복이 아닌걸요, 죽이 아닌걸요, 복죽이 아니라 폭죽인걸요, 자꾸만 씹히는 이게 다 뭐죠, (…) 귀한 전복이란다, 완도산이란다, 꼭꼭 씹어 먹거라, 그렇지만 엄마, 이건 전복죽이 아닌걸요, 이건 전복만이 아닌걸요, 뭉친 머리카락처럼 몰려드는 이것은, 숨 막힐 뿐입니다, 엉키고 있을 뿐입니다, 전복중일 뿐입니다, (…) 나는 그저 우리가, 연을 맺은 나는, 그저 이번 생을 죽이라도, 언제 죽더라도 한술, 맛있게 하고자 하여, 그리고 죽으면, 혹시 모를 다음 생을, 그리고 또 다음 생을, 이어질 다음 생을, 우리의 매생, 매생이, // 전복죽입니다, It is abalone rice porridge, (…) 다른 사람이 아니라, 너여야만 해, 나여야만 해, 그래야만, 생이 전복죽입니다, Life is abalone rice porridge, 목을 매고 떠난 사람과 목이 메어 남은 사람이, 뒤엉켜서 울고 있는, 먼저 떠난 사람과, 따라 못 떠나는 사람이, 따로 놓여 웃고 있는, 매생이 전복죽입니다, It is seaweed fulvescens abalone rice porridge, 이전 생에도, 이번 생에도, 다음 생에도, 혹은 그, 그다음 생에도 너는 죽는다, (…) 출구는 없어도 입구는 있는, 입구가 있으면 출구가 없는, 매생이 전복죽입니다, Every life is abalone rice porridge, 밥상 위에 놓인 죽이 이젠, 제사상 위에 놓인 죽이 되고, 제사상을 차리던 사람이, 다시 생일상을 받으리, (…) Every life is ruined rice porridge, 죽은 이보다 산 이의 나이가 더 많아지고, 떠난 누나에게 남은 동생이, 오빠가 될 때, 저기에선 엄마가 죽어가고, 먼저 죽어 먼저 다시 태어난 사람이, 나중 죽어 나중 다시 태어난 사람에게 언니가 되면, 망했습니다, 이번 생에 엉킨 것이, 다음 생에도 엉킬 거예요, 그다음에도, 또 그다음에도, Every life has been ruined, Every life was ruined, Every life is ruined, Every life will be ruiend, 이건 그저, 그저, 매생이 전복중입니다,

—「매생이 전복중」 부분

이 시는 매생이 전복죽을 권하는 엄마와 그것을 넘기는 것이 영 내키지 않는 "섭"이라는 화자의 대화로 이루어져 있다. 그들 대화의 소재는 "매생이 전복죽"이고 주된 사건은

'매생이 전복죽 먹기'처럼 보인다. 그러나 "매생이 전복죽"에서 시작되는 시는 그것이 재기호화된 결괏값인 "매생이 전복중"으로 흘러간다. 이 과정에서 "매생이 전복죽"은 음식이라는 의미에 국한되지 않고 낱낱이 해체되어 "죽"이 아니라 "죽음"으로, "복죽이 아니라 폭죽"으로, 해산물 "전복"이 아니라 '파괴 혹은 멸망'이라는 뜻의 "전복"으로 변이되고 전이된다. 그러한 음식 이름으로서의 "매생이 전복죽"의 해체와 구조화의 과정을 따라가다보면 이제 이 시가 음식 이야기를 하려고 하는 것이 아님을 알 수 있다. 독자는 이 시가 음식으로서의 "매생이 전복죽"의 기표만을 빌려와 그 모양새와 인접성을 띠는 다른 단어들의 교체를 통해 삶 이후의 죽음, 혹은 죽음 이후의 삶의 반복적 생애에 대한 이야기임을 눈치채게 된다.

　이러한 매끄러운 언어의 변용은 일종의 언어유희라는 말을 떠오르게 할 수도 있을 텐데, 이를 그저 '유희'라고 할 수 없는 이유가 있다.* 바로 유려한 구조주의적 언어 기호화의

---

* 「매생이 전복중」에서 주요한 변형인 '매생이 전복죽→매생이 전복중'은 출처를 정확하게 알 수 없는 사진과 관련되었을 것이라 추측된다. 사진에는 매생이 전복죽을 소개하는 이름표가 찍혀 있는데, 매생이 전복죽'이라 쓰인 한글 표기 아래에 'every life is ruined'라고 적혀 있다. 아마 '매생이 전복죽'을 번역기에 돌려 직역(?)했을 때 발생한 오류였을 것이다. 그 결과 한국어 단어 본래의 뜻과는 전혀 조응하지 않지만 '전복죽'은 '전복중'이라는 매우 흡사한 문자 형태로 오역되어 영어로 읽으나 한국어

163

방식을 통해 드러내는 것이 상실의 감각이기 때문이다. 언어유희적 말재주를 통해 인간의 삶(과 죽음)에 대한 이해로 향하는 시의 전개는, 이 시에서 삶을 유비하듯 사소한 변용과 변형과 변이의 삶의 재간들이 우리가 굳건하게 믿어왔던 삶/죽음의 단호한 구분을 결별시키고 그것이 송두리째 삶/죽음에 대한 이해를 뒤바꿔버린다는 것을 좀더 거시적인 맥락에서 드러낸다. 그러한 의미 변이의 과정을 보여주는 시 속 영어 문장과 한국어 문장을 병치시켜 정리하면 다음과 같다.

It is abalone rice porridge.─전복죽입니다.
This is abalone rice porridge.─이 전복죽입니다.

로 읽으나 한국어의 언어 문법 체계를 잘 알고 있는 이들에게 즐거운 오해로 다가온다. 이 시에서는 이렇듯 한국어라는 코드 위에서 성립되는 유머러스한 맥락을 차용하되 그것을 웃음이 아니라 '생의 전복'이라는 진중한 문제로 전환시키고 있다. 여기에서 기본적으로 본래의 A(매생이 전복죽의 오류 번역)를 A'(매생이 전복중)로 다시 맥락화함으로써 우연한 웃음을 삶의 무게로 전환하는 시집 전반의 기호 규칙이 이 시에서도 마찬가지로 적용되고 있음에 유의하기로 하자. 중요한 것은 일정한 규칙과 코드 위에서 삶의 실없는 우연한 '잘못 읽기'가 의외로 삶에 대한 진지한 성찰로 밀고 나아갈 힘을 준다는 데 있다. 나는 이것을 '허방의 힘'이라고 부르고 싶다. 다수의 시편에서 드러나는 '허방의 힘'에 대해서는 특히 「버릇」 「유희왕」 「유희왕 2」 「사과 어폴로지」 「순환론」을 참고하면 좋을 것이다.

Life is abalone rice porridge.−생이 전복죽입니다.

It is seaweed fulvescens abalone rice porridge.−매생이 전복죽입니다.

Every life is abalone rice porridge.−매생('매 생'의 시적 허용, 이후 every life의 번역어는 모두 '매생'으로 표기 — 인용자)*이 전복죽입니다.

Every life is ruined rice porridge.−매생이 전복-죽입니다.(비문)

Every life has been ruined.−매생이 전복되어왔습니다.

Every life was ruined.−매생이 전복되었습니다.

Every life is ruined.−매생이 전복됩니다.

Every life will be ruined.−매생이 전복될 것입니다.

한국어 문장의 경우 발음의 유사성에 기초한 음소의 변화
(전복죽−전복중)를 통해 의미 변화를 부여하거나, 띄어쓰
기에 따라 의미가 달라지는 표현(매생이−매 생이)임에도

* every life로 번역되는 '매번의 생'의 줄임말인 '매생'에서 '매'는
접두사가 아니고 관형사이므로 원칙적으로는 '매 생'으로 띄어
써야 한다. 이에 일부 인용에서는 의미를 분명하게 하기 위해 일
부러 띄어쓰기를 병기했다. 그러나 이 시에서는 해초 '매생이'와
의 직접적인 인접성 / 유사성의 관계를 설정하기 위해 일부러 '매
생'으로 붙여 쓰고 있다. 이른바 '시적 허용'이라는 것은 이처럼
기호화의 과정을 드러내는 과정에서 허용하는 '매생'의 사례에
어울리는 표현일 것이다.

띄어쓰기 규칙을 임의로 무시함으로써 서로 다른 두 기호가 매우 유사한 기표를 드러내는 특징을 보인다. 이러한 섬세한 변이 규칙을 주지하고 한국어 문장으로 시를 이해하고자 한다면 오히려 독해는 더 까다로워진다. 한편 영어 문장의 경우는 어떠한가. 한국어 문장과 비교하여 문장의 의미 자체는 뚜렷하게 분별되지만 각 단어 간 표기의 유사성이 전혀 없기 때문에 한국어 문장만큼 언어 기호의 시적 배열의 유희를 느낄 수는 없다. 두 언어 표기는 이 시에서 나란히 배열되어 상반된 규칙성(기표 유사성에 근거한 기의 모호성 vs 기표 분별성에 근거한 기의 명확성)을 드러내는 방식으로 관계를 맺음으로써 각각의 문장을 더 선명하게 만든다.

이러한 문장의 흐름에서 뚜렷해지는 것은 '먹는 것-먹음으로써 살아지는 것-그러나 이미 살아 있지 않은 것-삶인 것-삶을 삶이라고 할 수 없는 것'으로 나아가는 의미의 확장 및 그와 동시적으로 수행되는 언어의 자기 전복이다. '매생이 전복죽'은 '매 생이 전복중'이라는 의미로 변이되었다가, 매 생이 전복되어왔고 전복되었으며 앞으로도 전복될 것이라는 역사와 현황과 미래 전망으로 나아간다. 한국어 표기와 영문 표기만 나란하게 두었을 때 언뜻 웃음의 포인트로 작용하는 오역의 문장은 그 우연한 오해에서 뻗어나가 지금 여기의 삶에 대한 역전된 감각을 보여준다.

*

    한국어 문장 속 단어 사이의 변형 및 한국어 문장과 영어 문장의 병치는 이 시를 총체적으로 '잘못 읽기'를 수행하도록 만드는 규칙이다. 이 글 맨 앞에서 스트룹 효과와 구조주의의 상관관계를 언급하며 우리가 이미 알고 있는 것을 보여주는 것이 언어적 표현이라고 말한 바 있다. 이에 근거하여 이 시의 복잡한 관계성과 규칙성을 삶의 문제로 유비할 수 있다. 우리가 삶에 바라는 것과는 달리 '삶은 결코 절대적이고 단일한 규범으로 꾸려지지 않는다'는 사실만이 오직 삶이 가진 유일한 규범은 아닐까. 인간이 틀림없는 삶을 산다는 말은 온통 잘못 읽히는 것, 음소 하나 차이로 의미가 바뀐 채로 그대로 믿어지는 것, 전혀 다른 것을 이해하면서도 같은 것을 이해한다고 믿는 것으로 그저 그렇게 지속된다. 그러니 삶은 무슨 대단한 의미가 부여되는 사건이 아닐 수도 있겠다.

    그렇지만 '전복중'인 삶이 "전복죽"에서 시작된 것과 같이, 이 전복중의 상태 역시 어떤 잘못 읽기와 잘못 이해하기에 의해 전혀 다른 의미를 가질 수도 있을 것이다. 이러한 다르게 읽기는 오류로 지적되고 고쳐져야 하는 것이 아니라, 각자 자기의 언어로 말하고 있을 뿐인데도 하나의 '말'이 되는 우연성에 기초한다는 점에서 지극히 언어주의적이고 구조주의적이다. 고양이와의 대화에서 ""상"의 발음"이 더 나은 '나'가 ""냥"의 발음"을 네이티브로 하는 고양이의 말과 합쳐져 '상냥'을 말하고, "미안"을 담당하는 고양이와 "해요"를 발음하는 '나'의 말이 합쳐져 '미안해요'를 말하는 것과 같이(「아이 미스 언더스탠딩」).

우리는 권창섭이 펼쳐놓는 언어 규칙을 따라가며 무엇을 보는가? 우리는 그가 펼치는 언어의 배열과 나열, 조합과 변용을 보면서 완전히 새로운 문장을 읽는 것이 아니다. 시인도 독자도 새로운 언어, 새로운 문장, 새로운 삶의 모습을 보지 않는다. 우리는 우리가 이미 알고 있는 우리의 것을 다시 본다. 그것들 사이에는 어떤 차이와 낙차와 오해가 있겠으나 그저 그런대로 흘러간다. 그런 방식의 커뮤니케이션 속에서 우연하게 언어의 동조가 이루어져 기호화되었을 때 당신과 내가 알고 있는 것은 우리가 이미 알고 있는 삶의 뜻밖의 한 면을 더욱 선명하게 보여줄 것이다.

鮮于銀實 | 문학평론가

"이건 아직 누구에게도 말하지 못한 비밀인데……"라는
말에
"창섭씨, 절 너무 믿지 마세요"라며 고개를 젓는 사람이
있었다.
　그러자 난
　그 사람에게 모든 걸 말하고 싶어졌다.

　주저하는 사람이 아주 오래 살았으면 좋겠다.

　여기에 적힌 것들이 모두 내 이야기라면,
　누구에게나 떠들고 다닌 이야기도 있고
　누구에게도 말하지 못한 이야기도 있다.

　산만해 보일지 모르겠으나, '시'라는 꼴을 갖추고 내 밖으
로 나온 것을 묶어보았다.
　누구에게도 말하지 못한 이야기가 이젠
　누구나를 향하고 있으니

이제 나는 그 어떤 비밀도 없을는지 모르겠다.
이제 더 할 말이 없을지도 모르겠다.

두서없이 쏟아지게 될 나의 이야기들 앞에
당신도 고개를 저어주길, 망설여주길, 머뭇거려주길.
당신의 주저하는 모습을 보면,
난 당신을 믿고 싶어질지도 모르겠다.
또다시 무언가, 말하고 싶어질지도 모르겠다.

그리고 주저하는 당신이 아주 오래 살기를.
어쩌다 마주치게 된 이 게스트하우스에서
지낼 만큼 지내다 가셨으면 좋겠다.

2021년 7월

권창섭

창비시선 460

고양이 게스트하우스 한국어

초판 1쇄 발행 / 2021년 7월 25일
초판 2쇄 발행 / 2021년 10월 4일

지은이 / 권창섭
펴낸이 / 강일우
책임편집 / 이해인 박문수
조판 / 박아경
펴낸곳 / (주)창비
등록 / 1986년 8월 5일 제85호
주소 / 10881 경기도 파주시 회동길 184
전화 / 031-955-3333
팩시밀리 / 영업 031-955-3399 편집 031-955-3400
홈페이지 / www.changbi.com
전자우편 / lit@changbi.com

ⓒ 권창섭 2021
ISBN 978-89-364-2460-2